AF476724

ESSAIS
POÉTIQUES

PAR

ALFRED GHÉERBRANT

PARIS
E. DENTU, ÉDITEUR
LIBRAIRE DE LA SOCIÉTÉ DES GENS DE LETTRES
13 et 17, Galerie d'Orléans (Palais-Royal)
ET A LA
LIBRAIRIE CENTRALE, 24, BOULEVARD DES ITALIENS.
MDCCCLXIII

ESSAIS

POÉTIQUES

CORBEIL, TYP. ET STÉR. DE CRÉTÉ.

ESSAIS

POÉTIQUES

PAR

ALFRED GHÉERBRANT

PARIS

E. DENTU, ÉDITEUR

LIBRAIRE DE LA SOCIÉTÉ DES GENS DE LETTRES

13 et 17, Galerie d'Orléans (Palais-Royal)

ET A LA

LIBRAIRIE CENTRALE, 24, BOULEVARD DES ITALIENS.

MDCCCLXII

PRÉFACE

Je livre au lecteur ces essais imparfaits dont les premiers remontent à la dernière année que j'ai passée au collége. En les relisant je ne me suis permis que quelques retouches légères, agissant en cela contrairement aux conseils de plusieurs amis qui voulaient que j'y apportasse des modifications importantes.

En toutes choses je tiens pour le respect du passé, et ce n'est qu'à la dernière extrémité que je me résous à y porter une main profane.

Ces premières pièces occupent d'ailleurs fort peu de place dans ce volume déjà bien petit, et si je me suis décidé à les joindre à d'autres plus importantes, c'est uniquement afin que le lecteur puisse les comparer entre elles.

On remarquera peut-être que pendant quatre années, de 1854 à 1858, je ne me suis pas permis un seul vers.

Ai-je eu tort de revenir à une occupation qui a toujours charmé mes heures de loisir? L'accueil que le public va faire à ce petit livre sera la meilleure réponse à ma question.

J'attends tout de son jugement.

SAINT-GERMAIN EN LAYE, 8 août 1862.

A. G.

ESSAIS POÉTIQUES

ÉPITRE

A Mademoiselle ***

Peut-être on aura droit de trouver étonnant
Qu'un jeune homme indiscret, je dis plus, un enfant,
Ose féliciter une jeune personne
De l'heureuse union où son cœur s'abandonne ;
Mais j'aurai pour excuse une vieille amitié
Qui dans votre bonheur me mettra de moitié,
Et n'a jamais cessé d'unir nos deux familles,
Quand vous et votre sœur, encor petites filles,
M'avez vu, prenant part à vos jeux enfantins,
Partager vos plaisirs ainsi que vos chagrins.

Vous souvient-il du temps où, pour la récompense
D'un bon devoir, ou bien de notre obéissance,
On nous laissait courir, à la condition
De ne pas dépasser notre habitation ?
Que de fois nos cerceaux ont arpenté la route !
Que de fois les passants les ont mis en déroute !
Et que de fois, hélas ! nos devoirs ont souffert
Du divertissement qui nous était offert !
Nous vivions tous les trois exempts d'inquiétude ;
Tous nos soucis étaient quelques heures d'étude;
Un bon point suffisait pour nous rendre joyeux
Et nous faire oublier tout..., excepté les jeux.
Heureux temps qui n'est plus et que bientôt, peut-être,
Je pourrai souhaiter de voir pour moi renaître !

Mais vous que le destin semble favoriser
Et combler de ses dons sans jamais s'épuiser,
Vous n'avez pas sujet de regretter l'enfance,
Lorsque tout vous promet une heureuse existence.
Les flambeaux de l'hymen vont s'allumer pour vous,
Et vous avez fait choix pour ami, pour époux,
D'un jeune homme parfait, dont l'âme noble et sage
De vos propres vertus est la vivante image.
Tout doit vous assurer un éternel bonheur;
Vous possédez tous deux les qualités du cœur

Plus utiles cent fois, cent fois plus précieuses
Que ces biens passagers dont les faveurs trompeuses
Échappent au moment qu'on y compte le plus
Et ne laissent en nous que regrets superflus.

Oui, vous vivrez heureuse, ainsi que je l'espère,
Votre fortune est faite, et la mienne est à faire.
Dans ce monde où déjà l'on vous connaît en bien,
Moi, travailleur obscur, je ne suis encor rien.
Puisque j'ai résolu d'écrire pour la scène,
Dieu sait ce qu'il me faut et d'efforts et de peine
Pour arriver peut-être, après de longs travaux,
A me faire une place entre mille rivaux.
Bientôt je m'armerai de force et de courage
Pour tâcher de survivre à ce commun naufrage
De ceux qui comme moi s'exposent aux sifflets
Et n'ont jamais reçu que de cuisants soufflets.

Que, tentant du public la faveur incertaine,
Je devienne jamais digne objet de sa haine,
Que je mérite ou non de faire ses amours,
Que je sois le premier des auteurs de nos jours,
Je n'en viendrai pas moins avec quelque tristesse
Vous rappeler souvent notre heureuse jeunesse.

1854.

SOUHAIT.

L'autre jour, en voyant ces jolis rideaux roses
Qui, pareils aux boutons des fleurs à peine écloses,
Protégent contre le soleil
La demeure qu'habite une charmante femme,
Je sentis tout à coup se faire dans mon âme
Comme un délicieux réveil.

Qu'il est heureux, disais-je en pensant à ma mie,
Le jeune époux à qui le bonheur de sa vie
Doit être bientôt confié!
Ah! que je donnerais volontiers ce que j'aime,
Si je pouvais ainsi goûter ce bien suprême
Par moi si longtemps envié!

Mais à quoi bon? Celui dont la chère existence
A la vôtre est liée, aura bien soin, je pense,
De vous servir d'ange gardien.
Il saura vous mener par une pente douce;
Sur le sentier battu couvert de tendre mousse
Son bras sera votre soutien.

Il ne manquera pas d'arracher toute épine
Capable de blesser votre main enfantine
Qui ne connaît que le satin;
Puis il prolongera ses fatigantes veilles
Pour voir votre teint frais et vos lèvres vermeilles
En s'éveillant chaque matin.

Ah! puissent vos rideaux semblables à l'aurore
Sans cesse protéger la femme qu'il adore
Contre tous les soucis fâcheux!
Et puissent leurs couleurs ne pas être fanées
Par les jours de brouillard, le temps et les années
Qui vous verront vieillir tous deux!

Rideaux, gardez toujours votre couleur de rose
Pour embellir la vie à celle qui repose
Dans ce délicieux réduit;
Faites qu'elle vous doive en des jours de souffrance
Un moment de bonheur, un rayon d'espérance
Et des rêves dorés la nuit!

Quand le soleil paraît dans sa splendeur première,
Sachez vous séparer pour laisser sa lumière
Égayer ce charmant séjour;
Mais, lorsque vous verrez le temps devenir sombre,
Resserrez-vous alors, et laissez à votre ombre
Le soin de remplacer le jour.

Ne permettez jamais aux craintes mensongères
De venir se cacher dans vos trames légères
Ou bien dans vos replis trompeurs;
Oh ! conservez plutôt les rêves de jeunesse
Que font ces deux amants, et répandez sans cesse
Comme un baume sur leurs douleurs !

1854.

LE SOIR.

Vois, les rayons pourprés qui dorent la montagne
Sont le dernier adieu que nous fait ce beau jour ;
Profitons, profitons, ô ma chère compagne,
De ces heureux moments consacrés à l'amour.

Viens, descendons tous deux dans la verte prairie
Qui semble se voiler comme une amante en pleurs
Déposant un baiser sur la tête chérie
Où s'impriment déjà les dernières douleurs.

Entends-tu les oiseaux gazouiller sous l'ombrage,
Les taureaux bondissants mugir dans le lointain,
Le zéphyr caresser mollement le feuillage
Et l'écho répéter son murmure incertain ?

Vois-tu sous les bosquets de ces arbres antiques
Les pasteurs saluer ce beau jour de leurs chants
Au son des chalumeaux dont les accords rustiques
Redisent au vallon les aimables accents?

Vois-tu de ce ruisseau l'eau vivace et limpide
Qui caresse en passant le gazon de ses bords?
Il semble s'attacher à son rivage humide
Et bercer ces cailloux qu'il roule sans efforts?

Laisse-moi t'embrasser dans une molle étreinte,
Laisse-moi te presser encore sur mon cœur;
Oh! laisse-moi t'aimer, te posséder sans crainte
Et savourer enfin cet instant de bonheur!

Fuyons sous ce bosquet, retraite du silence;
Que j'aime à respirer l'air embaumé du soir
Sous ces grands arbres verts que le zéphyr balance
Et dont le tremblement est semblable à l'espoir!

Quand la lune répand une pâle lumière
Qui perce le feuillage épais des marronniers,
Je cherche ce sentier qui longeant la rivière
M'a vu tout seul errer pendant des jours entiers.

J'aime à suivre des yeux sa course tortueuse,
A me représenter ses gracieux détours,
Semblables à l'amant qu'une main dédaigneuse
Se plaît à repousser, et qui revient toujours.

Oh ! viens, parcourons-les, je veux les suivre encore
Avant que le destin ne m'ôte l'avenir ;
En marchant aux côtés de celle que j'adore
Je vais y rencontrer un bien doux souvenir.

Ne te souvient-il plus, ô ma tendre compagne,
Que ces arbres ont vu nos premières amours,
Que nos pas ont foulé cette aimable campagne,
Le soir où tu m'as dit : Je t'aimerai toujours !

Ah ! puissé-je, au déclin de ma vie expirante,
Voir arriver la mort sans regret, sans effroi,
M'appuyer sur le bras d'une fidèle amante,
Et me dire en mourant : Elle a vécu pour moi !

1854.

AUX FEMMES.

Vous que Dieu nous donna, dans un jour de clémence,
Comme un gage d'amour et de sainte alliance
Pour nous encourager et nous rendre meilleurs,
Vous qui savez porter une main bienfaisante
Où vous avez fait naître une douleur cuisante,
Venez, femmes, sécher mes pleurs.

Vous tenez ici-bas la boîte de Pandore.
Faut-il qu'on vous haïsse, ou bien qu'on vous adore,
Quand vous savez blesser et guérir tour à tour,
Quand vos rires moqueurs font couler tant de larmes
Et quand vos yeux si doux à qui je rends les armes
Reflètent la beauté du jour?

Ah! vous ne savez pas, dans votre insouciance,
Combien peut une femme exercer d'influence
Sur l'avenir entier d'un enfant comme moi!
Un regard de vos yeux, un mot de votre bouche
Dans ce cœur qui tressaille à la voix qui le touche
Jettera le doute ou la foi!

1858.

UN RICHE A SES AMIS.

Mes amis, fuyez tous l'ardente canicule
Et cet air embrasé de Paris qui vous brûle ;
Plus rien ne vous retient dans ses murs enfumés ;
La chicane se tait et les bals sont fermés.

Venez, je vous attends ; vous êtes ma famille ;
Pour vous seuls je suis riche, et lorsque la faucille
Tranche le flanc doré des fertiles moissons,
Quand mon cellier gémit sous le faix des poinçons,
Mon cœur vole toujours vers une autre richesse
Plus solide et plus rare ; et c'est votre tendresse.

Venez, amis. J'habite un antique château
Assis sur le versant d'un verdoyant coteau ;
En arrivant on voit ses deux blanches tourelles
Se déployer au loin comme deux grandes ailes;

A sa droite, à sa gauche et derrière, les bois
Le protégent l'hiver contre les plus durs froids,
Et le gardent l'été plein d'ombre et de mystère.
A ses pieds lentement s'écoule la rivière
Reflétant son image en ses flots argentés :
Souvent je suis de l'œil ses sinuosités
Entre les peupliers qui tremblent dans la plaine,
Je jette ma pensée au courant qui l'entraîne,
Et lorsque le soleil descend à l'horizon
Ma pensée est chez vous, amis, et ma raison.

Quand le soir est venu, pour fuir la solitude
Je vole à l'amitié quelques instants d'étude,
Je prends un livre alors et j'orne mon esprit
Des vers d'un grand poëte, ou je lis un écrit
Qui raconte les faits de mes nobles ancêtres.
Parfois, lorsque le vent se brise à mes fenêtres,
Lorsque je n'entends plus au dehors d'autre bruit
Que le cri rauque et sourd du triste oiseau de nuit,
Un vague étonnement tremblant comme une flamme,
Une morne stupeur s'emparent de mon âme ;
Puis je lève la tête, et tout autour je vois
Silencieux, glacés dans leurs cadres de bois,
Mes ancêtres, les uns debout dans leurs armures,
Et les autres assis dans trois rangs de fourrures.

Et tout à coup je crois entendre les premiers
Me dire : « Nous étions de vaillants chevaliers,
« Regarde ; nos harnois et nos cottes de mailles
« Sont éprouvés au feu d'immortelles batailles ;
« Nous avons mis nos bras et notre loyauté
« Au service du ciel et de la royauté
« Depuis Pierre l'Ermite et les saintes croisades
« Jusqu'au siècle où l'on vit l'éclair des fusillades,
« Du dôme du sérail aux tours de l'Alhambra,
« Des sables de l'Égypte aux bords de la Néva. »

Les autres semblent dire : « Aime notre mémoire,
« Car nous sommes couverts et d'honneurs et de gloire ;
« Quand nos frères ardents, intrépides soldats,
« Se ruaient à l'assaut, s'élançaient aux combats,
« Nous autres, magistrats, orateurs, publicistes,
« Diplomates savants, sages économistes,
« Membres des parlements et des conseils des rois,
« Préparions les édits, élaborions les lois. »

Ainsi les uns au feu, les autres dans les veilles,
Tous héros, demi-dieux, innombrables abeilles,
Travaillant à la ruche avec la même ardeur,
Combattaient pour nos droits et pour notre grandeur.
Ils étaient les piliers de l'édifice immense.
Sur l'un on lit : Travail ; et sur l'autre : Vaillance.

Amis, c'est un spectacle auguste et consolant
Que celui de ces preux veillant sur leur enfant;
C'est un ferme soutien pour celui qui succombe
Que cet enseignement qui lui vient de la tombe;
Pour le marin battu par les vents furieux
C'est une voile au port, c'est une étoile aux cieux.

Mais ils avaient aussi leurs jours de défaillance,
Ces superbes guerriers; — après deux ans d'absence
De siéges, de combats, de glorieux labeurs,
Ils couraient embrasser leurs épouses en pleurs,
Faisaient à leurs enfants des récits de batailles,
Puis reprenaient leur casque et leur cotte de mailles.

Celui que n'attendaient ni femme ni foyers
Déposait son armure et ses nobles lauriers,
Comme un hommage, aux pieds d'une belle maîtresse
Rayonnante d'amour, de vertu, de jeunesse,
Femme par la beauté, Romaine par le cœur,
Ayant Bayard pour frère et Jeanne d'Arc pour sœur.

Hélas! le temps n'est plus de ces amours sublimes
Pareils à des liens sacrés et légitimes,
Naissant de l'amitié, vivant par la grandeur,
Et mourant par la honte et par le déshonneur.

Tout change et se corrompt; cette union des âmes
Aujourd'hui sert de voile à des calculs infâmes,
Ces amours de héros, ces longs embrassements
Ne sont plus que mensonge et caprice des sens!
Plus de front qui pâlisse au bruit de nos défaites!
Plus de cœur qui tressaille à nos chants de conquêtes!

Amis, l'amour est mort, mais non pas l'amitié;
Des biens de nos aïeux nous reste la moitié.
L'athlète généreux au bout de la carrière
A seul droit de jeter ses regards en arrière;
Nous avons devant nous l'espace et le ciel bleu,
Marchons donc confiants avec l'espoir en Dieu;
L'espoir... c'est le regard de celle qui nous aime,
Et quand on a vingt ans le doute est un blasphème!

Amis, si vous doutez, si ce mortel poison
Torture votre esprit, trouble votre raison,
Venez auprès de moi guérir cette blessure;
Le spectacle enchanteur de la belle nature
Rend à l'âme sa force et sa virilité,
Au cœur sa douce enfance et sa virginité!

JANVIER 1858.

IMPROVISATION DANS UN BAL.

Enfant blonde aux yeux bleus, quand la valse enivrante
Fait tourner sous vos pieds une terre mouvante
Et répand sur vos yeux une douce langueur;
Quand la foule joyeuse autour de vous se presse,
Comme autrefois l'Olympe auprès d'une déesse,
Pour vous voir emportée aux bras d'un beau danseur;

Quand le sourire vient errer sur votre bouche,
Quand votre robe imprime à tout ce qu'elle touche
Comme un parfum d'amour et de virginité;
Quand votre âme, goûtant une ivresse profonde,
Paraît indifférente à notre pauvre monde,
Ange ou femme, tournez les yeux de mon côté!

FÉVRIER 1858.

VERSAILLES.

Notre cœur est, dit-on, rempli d'insouciance;
Nous oublions les lieux où passa notre enfance;
C'est faux. Je t'en atteste, ô palais enchanté
Qui vis naître et mourir un siècle tant vanté;
Je t'en atteste parc, admirable chef-d'œuvre,
Qu'un génie a planté comme un simple manœuvre;
J'en appelle à vous tous, héros et demi-dieux,
Que j'admirais enfant et dévorais des yeux;
Jeunes divinités, bacchantes et satyres,
Dont je savais par cœur les agaçants sourires!
Vous qui me connaissez, dites mes jeux badins,
Cascades et bosquets, délicieux jardins!

Je vous aime toujours, toujours mon cœur tressaille
Du plus loin que je vois le château de Versaille;
Mais ce n'est plus, hélas! le même sentiment
Qui de ce même cœur hâte le mouvement.

Alors j'aimais en vous l'espace et l'étendue,
Ce que j'aime aujourd'hui, c'est la grandeur perdue,
C'est la cour d'autrefois et cette majesté
Dont le souvenir seul jusqu'à nous est resté.
Oh! pourquoi n'ai-je pas gardé cette ignorance
Qui faisait mon cœur pur et douce mon enfance ;
Pourquoi faut-il que l'homme à s'instruire assidu
Prenne toujours sa part dans le fruit défendu !

Depuis que je connais ta fabuleuse histoire,
Grand siècle de Louis, d'immortelle mémoire,
Depuis que le passé s'est ouvert à mes yeux,
Remplissant mon cerveau de récits merveilleux,
Pour raviver l'éclat d'une époque si belle
Aux cendres du foyer je cherche une étincelle.

Hier encor je l'ai vu ce, château sans pareil,
Ce Versailles plongé dans un profond sommeil,
Et peut-être jamais ses grandeurs éclipsées
N'avaient rempli mon cœur de plus tristes pensées.
Le ciel était brumeux, l'air froid et pénétrant;
Il semblait que l'automne et l'hiver en passant
Voulaient envelopper dans leurs voiles funèbres
Ces lieux faits pour le jour et non pour les ténèbres.
Alors, tournant les yeux vers le grand tapis vert,
Je vis que le canal de brume était couvert,

Que les arbres penchaient leurs têtes dépouillées,
Que leurs feuilles jonchaient le sable des allées,
Que Versailles glacé par son royal manteau
Descendait en pleurant dans l'ombre du tombeau.

Je marchais lentement, seul, la tête baissée,
Tâchant de ressaisir cette grandeur passée,
Lorsqu'il me sembla voir dans un trompeur lointain
Le parc et le château s'illuminer soudain.
Dans la cour du palais une innombrable foule
S'amoncelait, c'était comme une mer qui roule
De chaises à porteurs, de bourgeois, de seigneurs,
De princes courtisans, de ducs, d'ambassadeurs;
Les carrosses rangés sur une immense file
Arrivaient au grand trot devant le péristyle,
Les laquais empesés dans leurs riches habits
Descendaient pour ouvrir à quelque grand marquis,
Et notre homme, léger, amoureux et fidèle,
S'échappait pour offrir son bras à quelque belle;
Et tous jeunes et gais, dames et chevaliers,
Gravissant aussitôt les vastes escaliers,
Arrivaient jusqu'au trône où Louis dans sa gloire
Méditait de laisser son grand nom à l'histoire.
Sur les marches de pourpre, aux pieds du souverain,
On voyait dispersés, comme un nombreux essaim,

Orateurs, maréchaux, diplomates, poëtes,
Ministres, magistrats, intrépides athlètes,
Satellites brillant autour de leur soleil
Qui firent de ce siècle un siècle sans pareil.
Et puis on entendait au loin une musique,
Dont le charme ajoutait à ce coup d'œil magique,
Tandis que les seigneurs dans leurs plus beaux atours,
Bien pris dans leurs pourpoints de soie et de velours,
Faisaient cour assidue à de belles duchesses
Dont les yeux rayonnaient d'enivrantes promesses ;
Et sans cesse, à travers les salons lambrissés,
Comme un fleuve de feu roulant ses flots pressés,
Passait et repassait la foule enrubannée
Par la danse et l'amour tour à tour entraînée.

Dans le parc cependant les amoureux propos
Se mêlaient au reflet des lustres dans les eaux;
Et les sombres bosquets et les noires allées,
Étaient pleins de beautés de leur cage envolées,
Qui, par de faux serments se laissant abuser,
Abandonnaient leur main ou leur front à baiser.

Tout à coup je suivis avec inquiétude
Un couple paraissant chercher la solitude,
Et, croyant voir en lui La Vallière et son roi,
Je m'approchai tremblant de surprise et d'effroi

Pour saisir quelques mots d'un entretien si tendre.
Peut-être allais-je voir, peut-être allais-je entendre...
Mais, hélas ! par le vent mon beau rêve emporté
Me rendit tout à coup à la réalité.

Alors je fus saisi d'un accès de démence.
Dans mon cerveau troublé les femmes et la danse
Laissaient en s'échappant un murmure confus ;
L'éclat de cette fête en un lointain diffus
M'apparaissait encor ; mes yeux et mes oreilles
Tâchaient de ressaisir ce bruit et ces merveilles,
Et je marchais priant les échos d'alentour
De me dire tout bas les paroles d'amour
Qu'ils entendaient jadis, les noms des personnages
Qu'ils avaient vus passer sous ces discrets ombrages.

Une voix qui semblait partir du haut des cieux
Me dit : « Ne trouble pas le calme de ces lieux ;
« C'est en vain que ta main dans une ardeur coupable
« Tâche de soulever un voile impénétrable.
« Dieu qui possède seul le dernier mot de tout
« A laissé ce grand parc et ce château debout
« Pour dire à tout mortel qui rêveur les contemple :
« Médite nos leçons, ne suis pas notre exemple. »

23 octobre 1858.

FORTUNIO.

Connaissez-vous celle que j'aime?
Si vous ne la connaissez pas,
Figurez-vous la Vénus même
Avec tous ses divins appas ;
Jamais le ciel dans sa clémence
N'a formé d'être plus charmant,
Jamais Dieu, malgré sa puissance,
N'avait créé cœur plus aimant.

Quand de ses yeux pleins de tendresse
S'échappent des rayons d'amour,
Et lorsque sa main que je presse
Tremble dans la mienne à son tour,
Je suis devant ma Galathée
Plus heureux que Pygmalion ;
Sa statue était enchantée,
Il n'aimait qu'une illusion.

Moi je possède une maîtresse
Qui répond à ma folle ardeur,
Qui rend caresse pour caresse
Et dont je sens battre le cœur ;
C'est entre ses bras que je rêve
Le vrai bonheur de s'aimer deux,
Songe que nul mortel n'achève
Et dont le réveil est aux cieux.

A d'autres la soif des richesses,
Les honneurs et l'ambition,
A d'autres toutes les déesses
Que chacun place au Panthéon:
Fous, gardez votre renommée,
Car moi je ne veux pour tous biens
Qu'un baiser de ma bien-aimée
Et ses yeux fixés sur les miens !

Oui, je donnerais les deux mondes,
Si j'étais Christophe Colomb,
Pour embrasser les tresses blondes
Qui se déroulent sur son front ;
Et si j'étais roi, mon empire,
Pour voir entre ses dents d'émail
Errer son amoureux sourire
Sur ses deux lèvres de corail !

Mais étant pauvre comme un pâtre,
Je ne peux que donner mon sang
Pour dormir sur son sein d'albâtre
Un jour, une heure, un seul instant.
Vous qui n'avez pas vu ma mie,
La connaissez-vous maintenant,
Et croyez-vous que c'est folie
De vouloir mourir en l'aimant !

2 NOVEMBBE 1858.

AUTRE FORTUNIO.

Enfant, je t'ai choisi, lui disait sa maîtresse,
Parce que tes yeux noirs sont remplis de jeunesse,
Parce que dans ma main la tienne frissonnait
Chaque fois que la valse à l'ardeur enivrante
Comme un frêle roseau battu par la tourmente
Entre tes bras m'abandonnait;

Parce que je voyais s'éclaircir ton visage,
Comme le ciel devient plus pur après l'orage,
Quand tu m'apercevais dans la foule d'un bal,
Et parce que ta voix, comme une ombre farouche,
Venait à mon approche expirer sur ta bouche
Dans quelque compliment banal;

Parce que tu sentais un besoin de tendresse
Qui, remplissant ton cœur d'une pénible ivresse,
Te montait au visage en larmes, en sanglots,
Et parce qu'il fallait qu'un femme adorée,
Comblant de son amour ta pauvre âme ulcérée,
Fermât la source de tes maux.

De tes chagrins secrets j'avais compris la cause ;
J'avais bien deviné que ton esprit morose
Cherchait sans le trouver un amour rédempteur,
Car le ciel m'a donné ma part de la misère ;
Des désillusions j'ai bu la coupe amère
A l'âge où l'on croit au bonheur.

Hélas! je l'ai connu cet horrible supplice
De n'avoir pas un cœur où notre cœur se glisse
Lorsqu'il est fatigué de lutter sans espoir,
Comme on voit des pêcheurs les barques agitées
Par les vents et les flots rudement ballottées
Rentrer au port avant le soir!

Mais je craignais, enfant, que mon expérience
Ne fît passer en toi la fatale science
Qui dissipa l'essaim de mes rêves charmants,
Et je ne voulais pas que ta vive jeunesse
Ne trouvât dans les bras d'une indigne maîtresse
Que doute et désenchantements.

Tu le sauras plus tard, l'amour est égoïste
Et brise avec fureur l'obstacle qui résiste ;
Et puis j'allais bientôt atteindre mes trente ans,
Cet âge qui nous laisse entrevoir la vieillesse,
Et qui, sans être encor l'automne et sa tristesse,
N'est déjà plus le doux printemps.

Tes baisers enivrants, ton ardeur insensée
Ranimèrent en moi la jeunesse passée
Et remplirent d'espoir mon cœur vide et désert ;
Telle on voit de nos bois la cime dépouillée
Se parer tout à coup d'une verte feuillée
Après les rigueurs de l'hiver.

Mon visage est empreint d'une grâce nouvelle ;
Je suis jeune aujourd'hui, je suis heureuse et belle.
Je ne redoute plus les ans ni l'abandon ;
Dis que je suis pour toi plus que les biens suprêmes,
Plus que ta mère !... Enfant, oh ! dis-moi que tu m'aimes,
Car ton amour, c'est mon pardon !

Et l'enfant répondait : O femme, sois bénie,
Toi qui m'as révélé la douceur infinie
D'un amour partagé que l'or ne donne pas !
C'est toi qui sur ma bouche arrêtas le blasphème,
C'est toi qui m'empêchas de douter de Dieu même
En m'enlaçant de tes deux bras !

Je préfère tes yeux voilés par la souffrance
Au front pur d'une vierge où règne l'innocence,
Et ta fiévreuse ardeur à ses aveux tremblants,
De même qu'au ruisseau courant dans la prairie
Je préfère les flots de la mer en furie
Emportés par les ouragans !

Pareil à l'arbrisseau qui sent monter la séve,
Je ne suis plus l'enfant qui soupire et qui rêve,
Je suis un homme enfin ! — Je t'adore et je crois ;
Car Dieu de qui l'amour est généreux et tendre
T'a faite pour m'aimer, me sauver, me défendre,
Ange, vierge et femme à la fois !

NOVEMBRE 1858.

DÉSIR.

Encore quelques jours et la nature entière
Va s'inonder soudain de vie et de lumière;
Que je voudrais alors, loin du monde emporté,
Aller passer aux champs un mois de liberté!

Il est de ces moments où notre âme s'étonne
De tourner dans un cercle étroit et monotone,
Où notre esprit ardent trop longtemps contenu
S'élance tout à coup vers un monde inconnu,
Ainsi qu'on voit surgir d'un vert tapis de mousse
Une eau qui court d'abord sur une pente douce,
Et bientôt grossissant ses flots précipités
Traverse avec fracas les bois et les cités,
Puis revient, désertant ses rives atterries,
Mourir en murmurant sur les fleurs des prairies.

Que je serais heureux, au retour du printemps,
D'aspirer loin d'ici l'air embaumé des champs,
De fouler sous mes pieds ce gazon vert et tendre
Que nous ravit Octobre et que Mai va nous rendre !
Le matin quel plaisir, quand paraît le soleil,
De suivre la nature en son charmant réveil !
D'abord c'est un bruit vague, un frémissant murmure
Qui semble s'échapper du sein de la nature,
Puis des oiseaux des bois le frais gazouillement
Arrive jusqu'à nous sur les ailes du vent,
Et l'homme, le dernier, fait monter sa prière
Vers celui dont il tient l'empire de la terre.
Oh ! oui, c'est un moment auguste et solennel
Que l'heure matinale où cet hymne éternel
De la fleur qui se perd au sein de la vallée,
De l'oiseau qui redit ses chants sous la feuillée,
De l'homme priant Dieu de bénir son labeur
Comme un encens divin monte vers le Seigneur !

Riches, si vous saviez, insensés que vous êtes,
Combien pâle est l'éclat de vos plus belles fêtes
Auprès de ces splendeurs d'un lever de soleil,
Si vous saviez combien, avant votre réveil,
Le fermier qui prend soin de vos nombreux domaines,
Et dont vous plaignez tant l'indigence et les peines,

A déjà recueilli de doux ravissements
En respirant l'air pur d'un matin de printemps ;
Si vous saviez surtout combien il a d'avance
Pour entrer au royaume où Dieu nous récompense
Sur vous, qui, confondant le jour avec la nuit,
Méconnaissez le prix de l'heure qui s'enfuit,
N'est-il pas vrai qu'alors, méprisant vos richesses,
Pour avoir votre part des communes ivresses,
Vous abandonneriez vos palais lambrissés
Sans regretter un seul de vos plaisirs passés !

Pour moi qui depuis l'âge où l'enfance s'efface
Aime de passion le bon poëte Horace,
Si j'avais vos trésors et votre liberté,
O riches ! ce n'est pas au sein d'une cité
Que j'irais étaler ma superbe opulence.
Je choisirais un coin de notre belle France
En Normandie, ou bien aux environs de Blois ;
Là, sans ambition, plus heureux que les rois,
Je verrais fuir mes jours comme une onde tranquille
Loin du faste des cours et du bruit de la ville.

Maintenant voulez-vous savoir, ami lecteur,
Pourquoi j'obéirais au penchant de mon cœur
En allant habiter Blois ou la Normandie ?
En descendant le cours de la Seine agrandie

Au-dessus de Rouen, la ville aux vieilles tours,
A l'endroit où le fleuve en ses riants détours
Baigne les bords fleuris des îles qu'il ébauche?
Avez-vous, dites-moi, remarqué sur la gauche
Un château couronné par un bouquet de bois ?
C'est là que mon aïeul, vétéran d'autrefois,
Après avoir versé son sang pour la patrie,
Est venu reposer sa vieillesse chérie,
Et réparer les maux que la guerre avait faits
En comblant ce pays d'amour et de bienfaits,
Pour que son nom vécût moins longtemps sur la pierre
Que dans le cœur du pauvre et sous l'humble chaumière?
Là j'aime le passé, j'aime le souvenir;
J'aime à Blois le présent et j'aime l'avenir;
Rouen c'est une tombe et le nom de ma mère;
Blois c'est un doux asile et le nom de mon père,
Ce sont de vrais amis, ce sont de bons parents
Que je retrouve à peine une fois tous les ans.
Hélas ! pourquoi faut-il, lieux chers à mon enfance,
Que le ciel entre vous ait mis cette distance,
Et que ne puis-je, afin d'être tout au bonheur,
Vous voir unis sur terre ainsi que dans mon cœur !

AVRIL 1859.

A UNE JEUNE FILLE

QUI EFFEUILLAIT DES ROSES UN SOIR D'ORAGE.

Enfant gâté de la nature,
Vous dont la beauté chaque jour
Va grandissant et se fait mûre
Pour la récolte de l'amour,
Écoutez ces vers que ma lyre
Adresse à celle qui m'inspire,
De qui les pleurs et le sourire
Me font triste et gai tour à tour.

Hier on voyait blanchir la terre
Sous l'éclair qui passait soudain,
Puis on entendait le tonnerre
Rouler son grondement lointain ;

Le pilote craignant l'orage
Ordonnait à son équipage
De tourner la proue au rivage
Pour se mettre à l'abri du grain.

Vous, sans souci de la tempête
Qui se déchaînait dans les airs,
Orniez en riant votre tête
De fleurs prises aux buissons verts,
Et votre main insouciante
Abandonnait à la tourmente
Des roses la feuille odorante
Qui brillait au feu des éclairs.

Mais de mon cœur une prière
Montait vers la Divinité,
Et je disais : « Faites, mon père,
« Que le vent de l'adversité
« Sur cette onde calme et limpide
« Glisse sans laisser une ride,
« Comme on voit l'alcyon rapide
« Sur un beau lac un soir d'été.

« Que jamais une main cruelle
« N'effeuille les illusions

« Que nourrit cette enfant si belle,
« Que le souffle des passions
« Ne dissipe jamais son rêve,
« Ainsi que l'aquilon soulève
« Le sable léger de la grève
« Et le ravit en tourbillons ! »

JUIN 1859.

CHAMOUNIX.

I.

LA MUSE.

Toi qui veux rêver, mon poëte,
Toi qui passes toutes les nuits
Dans le silence et la retraite,
Prends ta route vers Chamounix,
A cette époque de l'année
Où la chaleur de la journée
Se fond au soir rafraîchissant,
Vers l'heure où la chaîne des Alpes
S'étend comme de blanches grappes
Aux rayons du soleil couchant.

Sitôt au sortir de Sallanches,
Gagne les forêts de sapins

D'où l'on entend les avalanches
Rouler au loin dans les ravins ;
Garde bien que ton pied ne glisse,
Car sous tes pas le précipice
Ouvre son gouffre et son chaos,
Et l'ouverture est si profonde
Qu'hélas ! pas une voix au monde
N'en réveillerait les échos.

Et maintenant prête l'oreille
A ce morne frémissement
De la nature qui sommeille,
Écoute la voix du torrent
Dont l'écume jaillit brisée
Et retombe en fine rosée
Sur les rochers retentissants,
Hymne éternel que tous les âges
Entendront de ces lieux sauvages
Monter à Dieu comme l'encens.

Au milieu de la solitude,
Seul être vivant en ces lieux ;
Si la mortelle inquiétude
Glace ton esprit soucieux ;
Si vainement dans l'étendue
Tu cherches la route perdue

Avec un frisson de terreur ;
Planant sur l'abîme qui gronde,
Si tu crois voir la fin du monde
Et si tu tressailles d'horreur,

C'est l'heure d'épancher ton âme
En longs et sublimes sanglots,
Poëte inspiré, car ta flamme
Triomphe et du vent et des flots ;
Car l'orage qui te déchire
Est un souffle qui de ta lyre
S'échappe en sons mélodieux ;
Car c'est ton immortelle gloire,
De chanter, de prier, de croire,
Quand des pleurs coulent de tes yeux !

Donne l'essor à tes pensées,
Qu'elles s'élancent dans les airs
En strophes vives et pressées ;
Chante, maître de l'univers,
Chante ; des cieux et de la terre
Découvre à nos yeux le mystère ;
Seul tu peux, à l'aigle pareil,
Sur la montagne inaccessible,
Suspendant ton aire invisible
Fixer en face le soleil.

II.

LE POËTE.

O Muse, j'ai senti palpiter ma poitrine
En voyant ce chaos et ce monde en ruine,
Et j'ai voulu rêver; rêver est mon bonheur.
La sainte effusion dont mon âme était pleine
J'ai voulu la répandre, et j'ai manqué d'haleine,
Alors j'ai pris ma route avec le froid au cœur.

Mais voilà qu'au sortir de ces sites sauvages
J'ai trouvé tout à coup de riants pâturages,
Des êtres animés, des hommes, des troupeaux ;
Le soleil était doux, l'atmosphère était pure,
Et je me demandais comment cette nature
Pouvait être si riche et ces astres si beaux.

Le soleil, au déclin de sa longue carrière,
Jetait sur le Mont-Blanc sa plus vive lumière
Comme un dernier adieu qui paraît plus touchant,
Et tandis qu'à leurs pieds Chamounix et la plaine
Commençaient à flotter dans la brume incertaine,
Les Alpes se doraient aux rayons du couchant.

Ce combat éternel du soleil et de l'ombre
Est, aux yeux du penseur sondant l'avenir sombre,
L'image de la vie, hélas! et de la mort;
En vain nous espérons que le bruit de nos fêtes
Couvrira cette voix qui gronde sur nos têtes,
Il faut que nous cédions à la force du sort.

Tôt ou tard il faut bien, pauvre nature humaine,
Que nous disparaissions, ainsi que dans la plaine
Le soir succède au jour, la nuit fermée au soir;
L'ombre vient par degrés obscurcir la lumière,
La mort à pas de loup s'avance par derrière
Et nous prend sans pitié la jeunesse et l'espoir.

Mais le doute naîtrait dans l'esprit du plus sage
S'il mourait tout entier, et si notre passage
Ne devait ici-bas rien laisser après nous.
Le plus insouciant veut un but où se prendre;
Puisque la mort réduit tout notre corps en cendre,
Il faut bien que l'esprit nous venge de ses coups.

Ce qui reste de nous, ce qui doit nous survivre,
Ce n'est ni le plaisir dont la fumée enivre,
Ni l'or, ni la beauté. Vanités et néant!
C'est l'aumône qui fait la mémoire bénie,
C'est la flamme céleste aussi, c'est le génie
Qui de l'homme fait un géant.

Dans une vision je ne sais quel prophète
Aperçut autrefois, au-dessus de sa tête,
Une échelle joignant la terre et le ciel bleu;
C'est notre image à tous. — Nous gravissons l'échelle
Qui doit nous introduire en la vie éternelle.
Le dernier échelon, c'est Dieu!

Ceux qu'un rayon céleste à nos yeux illumine
Sont les plus élevés sur l'échelle divine,
Rayon bien faible encore et qui brille un moment,
Reflet pâle et mourant d'une beauté plus grande
Que Dieu prête aux mortels et qu'il veut qu'on lui rende;
Lui seul brille éternellement!

D'un sommet élevé de cette chaîne immense
D'où la neige parfois dans la plaine s'élance,
Lorsque le temps est clair, on aperçoit, dit-on,
Se détachant au loin de la glace éternelle,
Les traits qui composaient la figure si belle
De cet homme fameux qui fut Napoléon.

Oh! si jamais mortel a passé sur la terre,
Comblé de tous les dons que le ciel peut nous faire,
Ce fut lui! — Si jamais pour l'immortalité
Dieu choisit un grand nom, une âme bien trempée,
Ce fut lui! — Cependant, par la foudre frappée,
Sa tête se courba sous la fatalité.

III.

Quel dessein formidable eut donc la Providence
En confiant ses traits à ce terrain mouvant?
Sur la hauteur sublime où l'infini commence
    Pourquoi dort-il ce conquérant?
Le ciel a-t-il voulu châtier son audace
    Et lui prouver que tout s'efface
    Jusqu'à l'heure du grand réveil;
Ou bien a-t-il voulu respecter sa mémoire
En donnant au héros trahi par la victoire
    Un cercueil tout près du soleil?

Vanité de la gloire et de la renommée!
Ce mont superbe auquel il fit subir le joug,
Qu'il franchit jeune encore en tête d'une armée,
    Le temps le laissera debout,
Comme pour le venger de l'éternel outrage
    Qu'imprima sur son front sauvage
    L'homme dont le pied l'a foulé,
Et donner ce spectacle éloquent et sublime
Du colosse debout conservant sur sa cime
    L'ombre du colosse écroulé!

Mais pourquoi donc, mon Dieu, pourquoi ce parallèle?
Voulez-vous nous prouver que votre autorité
Est la seule adorable et la seule éternelle
Et que la nôtre est vanité?
Sur ce sommet glacé pourquoi cette autre tombe?
A l'humanité qui succombe
Est-elle un hommage rendu?
Est-ce un affront sanglant, une leçon profonde
A celui qui voulait la conquête du monde
Et que son orgueil a perdu?

IV.

Pendant que je rêvais la nuit était venue,
Et seul je m'avançais sur la route inconnue
Au milieu du silence et de l'obscurité;
Ainsi chacun de nous, du jour de sa naissance,
Traverse la nuit sombre et la vallée immense,
Marchant vers l'autre vie et vers l'éternité.

AOUT 1859.

DÉDICACE

A MON AMI E. P.

Ce que je te dédie, ami, n'est pas bien neuf ;
C'est l'histoire éternelle et toujours exploitée
D'un mari fort surpris d'être devenu veuf,
Sa femme que jamais il n'avait suspectée
Ayant mis à profit une absence d'un jour,
Ou plutôt d'une nuit, pour apurer un compte
Représenté jadis par quelques mots d'amour,
Et n'ayant embrassé la mort qu'après la honte.

Tu me demanderas, sans nul doute, pourquoi
J'ai pris soin d'aligner trois ou quatre cents rimes
Pour traiter un sujet que d'autres avant moi
Ont immortalisé dans leurs œuvres sublimes ;

Et je te répondrai que je n'en sais trop rien,
Si ce n'est cependant qu'étant à la campagne,
Pour me distraire un peu je ne vis qu'un moyen
Dont je me sers toujours lorsque l'ennui me gagne ;
Travailler, sans souci de la postérité.
Je me suis confessé pour faire pénitence,
Et l'ayant fait, j'espère, avec humilité,
J'ai droit de réclamer toute ton indulgence.
Dans ces vers mal rimés sur un sujet scabreux
Et que j'aurais bien pu me dispenser d'écrire
Ne va donc pas chercher, ami, toi ni tous ceux
Qui me feront l'honneur insigne de me lire,
Ne va pas chercher, dis-je, un drame palpitant.
Ces vers que j'ai commis sans but, pour me distraire,
Prend-les pour ce qu'ils sont — ils en vaudront d'autant.
— Quant à les corriger, ce n'est pas mon affaire.

A. GHÉERBRANT.

CE QU'ON VOIT TOUS LES JOURS.

Un soir, dans un jardin d'hôtel vénitien,
Deux hommes terminaient un secret entretien,
Tous deux jeunes et beaux et nobles de naissance;
L'âge n'avait entre eux mis que peu de distance;
L'un était marié, l'autre ne l'était pas.
Soudain le plus âgé dit, en pressant le pas :
« Ainsi vous voulez bien rester près de ma femme
« Pendant que mon devoir loin d'elle me réclame.
« Vous êtes, je le sais, un jeune homme charmant,
« Et vous lui tiendrez lieu de chevalier servant.
« Je ne sais pas quel temps durera mon absence;
« Si longue qu'elle soit, mon cher, j'ai confiance

« Dans votre esprit d'abord, puis dans votre amitié
« Pour la faire à son cœur plus courte de moitié.
« Il serait superflu, je pense, de vous dire
« Qu'en vos mains je remets ce par quoi je respire,
« Et que si je perdais l'objet de mon amour
« Je ne survivrais pas à ce malheur un jour. »

L'autre lui répondit : « C'est d'Albret qu'on me nomme;
« La richesse chez nous n'est rien, l'honneur est tout,
« Et je veux bien passer pour un faux gentilhomme
« Si je ne remplis pas mon devoir jusqu'au bout ;
« Quoique la mission soit assez peu d'usage... »
— « Bon ! vous la remplirez, à votre honneur, je gage,
« Fit l'autre en souriant. — Çà, donnez-moi la main
« Et rentrons, car il faut que j'embrasse ma femme
« Et vous présente, avant de me mettre en chemin. »

« Si je vous laisse ici, pardonnez-moi, Madame,
« Dit notre voyageur quand ils furent entrés.
« Le ministre m'écrit : venez ; pas davantage,
« Et j'ignore quel but il donne à mon voyage.
« Si je reviens bientôt vous vous consolerez,
« Autrement vous prendrez le mal en patience.
« Quand je dis mal, j'ai tort, et je vais le prouver.
« Voici monsieur d'Albret, un vieil ami d'enfance,

« Qu'à propos le hasard nous a fait rencontrer.
« Il veut bien prolonger son séjour à Venise
« Pour ne pas vous laisser seule dans cet hôtel,
« Et protéger mon bien contre toute entreprise
« Galante..., des maris désespoir éternel.
« A partir d'aujourd'hui Monsieur est votre frère.
« Sa présentation est inutile à faire,
« Car vous vous connaissez depuis assez longtemps.
« Maintenant, s'il vous plaît, embrassez-moi, ma chère,
« Comme si je devais vous quitter pour dix ans. »

Cela dit, dans ses bras il enleva sa femme,
Appliqua sur sa joue un vrai baiser de flamme
Qu'elle lui rendit bien sans proférer un mot;
Dans sa main au jeune homme il fit passer son âme,
Et leur dit, en prenant vivement son manteau :
« Sans adieu, mes amis, au revoir, à bientôt. »

C'était un soir d'été comme en a l'Italie,
Un soir où l'esprit dort, où l'âme est amollie,
Un soir où chaque bruit qui se perd sous les cieux
Se traduit à l'oreille en sons mystérieux,
Où tout est voluptés et félicité pure
Dans l'arbre qui se plaint et dans l'eau qui murmure,
Où le passé paraît moins beau que l'avenir,
Où l'on désire vivre, où l'on craint de mourir.

L'astre des nuits sortant du sein des vapeurs brunes
Réfléchissait au loin sur l'onde des lagunes
Les flèches de Saint-Marc et les tours des palais
Qui semblaient s'allonger sous ses pâles reflets.
Aucun bruit ne venait de l'Océan immense ;
Partout la solitude et partout le silence.

. . . .

. . . .

A quoi donc songent-ils ces deux beaux jeunes gens
Que la lune confond dans sa douce lumière
Comme l'obscurité réunit les amants ?
Debout sur ce balcon depuis une heure entière,
Ils demeurent pensifs la tête dans les mains.
Leurs yeux sont sans regards, leurs lèvres sans parole ;
Pourtant on ne lit point la trace des chagrins
Sur leurs fronts que couronne une pure auréole.
Alors ce qui les fait rêver c'est donc l'amour ?
Oh ! s'il en est ainsi, ces heures précieuses
Qu'ils vont voir disparaître aux premiers feux du jour
Pourquoi les laissent-ils s'enfuir silencieuses ?
Ils ne savent donc pas qu'un pieux souvenir
Naît d'un baiser d'amour et d'un moment d'ivresse,
Que lorsqu'on s'est aimés la mort peut bien venir ;
L'amour est un trésor qu'il faut qu'elle nous laisse.

Ses beaux yeux qui jadis rayonnaient de bonheur
Pourquoi donc les tient-il abaissés vers la terre,
Ce jeune homme au front pâle, et quel sombre mystère
L'a rendu tout à coup immobile et rêveur?
C'est qu'il combat en vain une flamme adultère,
Qu'il a fait un serment impossible à tenir
Et voudrait à jamais effacer de son âme
Un nom qu'il a maudit et qu'il pouvait bénir.
Elle est là près de lui la belle jeune femme
Pour laquelle il nourrit un amour sans espoir.
Comme une tendre fleur sur sa tige inclinée
Que le soleil de juin en passant a fanée
Pour la dernière fois s'entr'ouvre au vent du soir,
De même sur son bras elle soutient sa tête
Tandis que ses regards semblent sonder les cieux.
Qu'elle est belle! — Un rayon de la lune discrète
S'agite mollement entre ses noirs cheveux
Dont les boucles à flots retombent sur sa hanche;
Le zéphyr dans les plis de sa ceinture blanche
Se joue avec pudeur et glisse en frissonnant,
Si bien qu'en la voyant rêveuse et si jolie
On croit apercevoir dans un cadre d'argent
Quelque divinité de la Mélancolie,
Ou bien cette Mignon qu'un moderne génie
Nous a représentée aimant et regrettant.

Aimer et regretter voilà bien sa souffrance.
Comme l'on voit parfois deux jeunes arbrisseaux,
Du verger déjà vieux seule et frêle espérance,
Confondre en grandissant l'ombre de leurs rameaux,
Tels ces deux jeunes gens sur leurs têtes chéries
Ont senti se poser l'espoir de leurs parents,
Tels ils ont confondu le parfum de leurs vies
Et l'amour de leurs cœurs dès leurs plus jeunes ans.

L'un d'eux à son serment a donc été parjure?
O faiblesse de l'homme, incroyable nature!
Qui donc les a brisés ces liens éternels
Comme ceux que l'on forme aux pieds des saints autels?
Modèles des amants, à vous je le demande;
Est-il une puissance assez forte, assez grande
Pour les anéantir contre la volonté!
O divin Roméo, tu n'aurais pas quitté
Le balcon matinal sur lequel Juliette
Écoutait dans tes bras le chant de l'alouette;
Et toi, fidèle amante, et toi, que t'importait
L'horreur de ces deux noms, Montaigu, Capulet!
Que te faisaient à toi leurs implacables haines!
Un amour idéal a coulé dans tes veines
Et flétri dans sa fleur ta naissante beauté;
Mais en mourant du moins tu n'as rien regretté!

Cependant de minuit les douze coups funèbres
Retentissent dans l'air au milieu des ténèbres.
Tous les deux aussitôt, d'un même mouvement,
Comme d'un long sommeil s'éveillent lentement;
Derrière les rideaux de la blanche fenêtre
On voit leurs ombres fuir, s'effacer, disparaître.

. . . .

Il est des souvenirs qui triomphent du temps,
Impressions d'une heure ou de quelques instants,
Éclairs vifs et brûlants qui traversent notre âme
Y laissant à jamais la chaleur de leur flamme.
O femme dont le cœur n'a pas bien combattu,
Appelle à ton secours ta force et ta vertu.
A l'âge où nous naissons à l'amour, à la vie,
Tu juras à quelqu'un une ardeur infinie.
Si tu l'as oublié, lui s'en est souvenu.
De tenir ton serment le moment est venu.
— « Je t'aime. » Tu crois donc qu'une telle parole
Des lèvres d'une femme échappée à quinze ans
Sans laisser un parfum disparaît et s'envole
Comme un oiseau léger sur les ailes des vents.
Non, non, tu connaissais la valeur des serments,
Et l'amour à quinze ans n'est plus un jeu frivole.

Prends garde, malheureuse ! Il se roule à tes pieds
Le jeune homme envers qui tu fus traître et parjure,
Il couvre de baisers tes mains et te conjure
De lui rendre un instant les beaux jours oubliés.
De la tentation voici l'heure fatale,
L'heure où les démons noirs dans la ronde infernale
Jettent sans fin quiconque aux baisers du péché
Livre son corps mortel et son âme divine ;
Où Faust, au tintement de la cloche argentine,
Sentait son sang bouillir dans son cerveau séché (1) ;
L'heure enfin où la pâle et douce Marguerite
Se demandait pourquoi son cœur battait si vite,
Pourquoi des pleurs voilaient l'azur de ses beaux yeux,
Tandis que son rouet s'arrêtait de lui-même,
Tandis que de sa lampe une clarté suprême
S'échappait pour mourir sur son front soucieux (2) !

Comme un brouillard léger lentement s'évapore
Fondu par les rayons de la naissante aurore ;
Ainsi la jeune femme écoutant cette voix
Qui lui parlait d'amour si douce et si craintive

(1) Faust dans son cabinet d'étude, par Ary Schæfer.
(2) Marguerite au rouet, par le même.

Qu'on eût dit un oiseau gazouillant dans un bois,
Sentait son cœur s'ouvrir comme une sensitive
Et sa force faiblir devant la volonté
Que cachait avec art un langage enchanté,
Quand elle vit passer une riche gondole
Contenant un essaim de jeunesse frivole
Comme Venise en voit presque toutes les nuits
Au son des instruments promener ses ennuis;
Et du sein de la foule une voix forte et pure
Lança cette chanson à la joyeuse allure
Dont l'écho répété fit taire tous les bruits.

« On dit que la vie est un songe
« Et que la mort est un réveil;
« Je crois fort que c'est un mensonge
« Trouvé par celui qui se plonge
« Dans un léthargique sommeil.

« Dorme qui voudra, moi je veille
« Depuis le soir jusqu'au matin;
« Quand paraît l'aurore vermeille,
« J'ai dans la main une bouteille
« Et sur le cœur un beau lutin.

« Qui donc a dit que l'existence
« Est aussi lourde qu'un boulet?

« Ça ne peut être, quand j'y pense,
« Qu'un enfant sans expérience
« Ou qu'un homme vieux, bête et laid.

« Unir vertu, travail, sagesse,
« C'est porter trois fardeaux trop lourds
« Pour mon âge et pour ma faiblesse;
« A plus robuste je les laisse
« Pour être tout à mes amours.

« Un troisième dit que la vie
« N'est autre chose qu'un combat;
« Je n'en crois rien, quoi qu'il en die;
« De combattre ayant peu d'envie
« Je ne me suis pas fait soldat.

« Pareil au bon poëte Horace,
« J'abandonne mon bouclier,
« Pourvu que je trouve à la place
« Une maîtresse qui m'embrasse
« Et dont l'amour fasse oublier.

« Pour vivre heureux dans ce bas monde
« Point n'est besoin d'être savant.
« Aimer la brune, aimer la blonde,
« Se livrer au courant de l'onde,
« Toujours chanter, rire souvent,

« Voilà la science suprême.
« — Allons, conduis-moi, gondolier,
« Dans les bras de celle que j'aime ;
« Vite, car ce n'est pas la même
« Que j'adorais le mois dernier... »

La gondole était loin — Une lampe d'albâtre
Éclairait seulement de sa lueur bleuâtre
La chambre où reposaient nos jeunes amoureux.
. . . .
Une heure solennelle avait sonné pour eux.

O vous seul bien réel et qui vaille qu'on l'aime,
Femmes, pardonnez-moi si ma bouche blasphème,
Et ne proclamez pas avec autorité
Que je fais à plaisir de l'immoralité !
Je ne suis pas de ceux qui marchent dans le doute
Demandant aux passants quelle est la bonne route,
Je ne suis pas de ceux que leur stupidité
Pousse à vociférer contre l'humanité,
Frondeurs impertinents qui ne trouvent au monde
Que désordre éternel, qu'injustice profonde ;
Je ne suis pas de ceux chez qui le mot d'honneur
Ne réveille plus rien qu'un sourire moqueur,
Et qui vont répondant par des propos infâmes

A qui leur veut parler de la vertu des femmes,
Ne s'apercevant pas qu'une part de l'affront
Comme un fer flétrissant stigmatise leur front,
Et qu'ils trouvent moyen, dans leurs vaines colères,
D'insulter à la fois et leurs sœurs et leurs mères.
Non, je ne comprends pas qu'on vous puisse oublier,
Doux entretiens éclos à l'ombre du foyer;
Chastes enivrements de la foi conjugale,
Je ne vois ici-bas nul bien qui vous égale,
Et pour peu que l'on ait de sens et de pudeur
Peut-on vous renier sans se briser le cœur!
Pour moi je fais serment et ne crains pas de dire,
(Esprits forts d'aujourd'hui, comme vous allez rire!)
Qu'à ce Dieu qui m'entend je ne demande rien
Que l'amour d'une vierge en échange du mien,
Et que, si je l'obtiens de la bonté céleste,
Je mourrai satisfait; — peu m'importe le reste.
Ne le croyez donc pas, femmes, que de ce cœur
Qui ne bat que pour vous et pour votre bonheur,
Il s'échappe jamais quelque lâche anathème
Dont j'aurais à rougir en rentrant en moi-même,
Ni que je vous maudisse, alors que je vous vois
De la sainte pudeur fouler aux pieds les lois.
Non; je pleure sur vous, divines créatures,
Car je ne vous comprends que fidèles et pures,

Bien au-dessus de nous par la fidélité,
Les égales de Dieu par votre pureté,
Car lorsque vous brûlez de flammes adultères
De vos déportements nous sommes solidaires,
Et vous ne pouvez pas trahir votre devoir
Que l'homme en même temps ne commence à déchoir,
L'homme que vous aviez pour mission sublime
De sauver et non pas de pousser vers l'abîme,
D'élever jusqu'à vous quand vous vous élevez,
Non de perdre avec vous lorsque vous vous perdez !

. . . .
. . . .

Les ombres de la nuit faisaient place à l'aurore.
Près de la belle enfant qui sommeillait encore
Le jeune homme veillait comme un spectre vengeur.
Ce n'était déjà plus le brillant séducteur.
Parfois il souriait de ce sourire étrange
Qui fait frémir, à moins qu'il ne vienne d'un ange,
Et son front reprenait toute sa gravité
Lorsqu'il portait ses yeux sur la frêle beauté
Dont il avait souillé l'âme pure et candide.
Alors des pleurs brillaient sous sa paupière humide,
Et ses mains qu'il levait pour l'imprécation
Se joignaient pour prier et demander pardon

Ta famille, ô don Juan, ne s'est donc pas éteinte !
Ainsi le Commandeur, dans sa mortelle étreinte,
N'a brisé que ton corps débile et déjà vieux,
Car tu jettes encore à la face des cieux
Ton impuissant défi, ton stupide blasphème ;
Ainsi tu passeras jusqu'à l'heure suprême
Jouant avec l'honneur de la société,
Drapé comme autrefois dans ton impiété,
Et traînant après toi les filles et les femmes
Dont le front s'est flétri sous tes lèvres infâmes,
Et qu'on voit s'accrocher aux plis de ton manteau
Pour descendre avec toi dans l'ombre du tombeau !

. . . .

. . . .

Lorsque la jeune femme entr'ouvrit la paupière,
Un sourire, reflet de sa sérénité,
Lui donnait la candeur d'une vierge en prière ;
D'un souffle égal et pur son beau sein agité
Soulevait ses deux bras croisés sur sa poitrine
Comme un lac endormi dans un repos trompeur
Berce dans ses flots bleus l'orage et la ruine.
Elle donna d'abord à son cher séducteur
Un de ces longs regards qui vont au fond de l'âme,
Et lui sourit hélas ! comme elle aurait souri

Si, deux heures avant encore honnête femme,
Elle eût à son chevet rencontré son mari.
Mais lorsque tout à coup lui revint la mémoire,
Sa douleur éclata dans un cri déchirant ;
Se rappelant sa faute et ne pouvant y croire,
Elle jeta ses bras au cou de son amant :
« Hélas! tu m'as perdue à jamais, lui dit-elle,
« Perdue! » Et les sanglots étouffèrent sa voix.
Dans cet effroi soudain qui la rendait plus belle
Et qui la lui livrait pour la dernière fois,
D'un mouvement d'orgueil il ne put se défendre,
Car l'homme est ainsi fait qu'il s'estime plus grand
Quand il vient de forcer une femme à se rendre
Que lorsqu'il a sauvé son honneur chancelant.

La honte suit de près l'orgueil illégitime.
Quand le rêve fit place à la réalité,
Quand il se retrouva vis-à-vis de son crime
Froidement accompli, froidement médité :
« — M'aimes-tu, m'aimes-tu, dit-il à sa maîtresse ?
« — Oh! oui, je t'aime; hélas! l'as-tu donc oublié!
« — Mourons donc, reprit l'autre, et mourons sans fai-
[blesse.
« Puisse Dieu nous unir et nous prendre en pitié! »
A peine il achevait, que le fer homicide

Unissait dans la mort la belle et son amant.
Insensés ! ils croyaient qu'un double suicide
Rachète devant Dieu les erreurs d'un moment !

. . . .

La nuit était venue enivrante et sereine ;
Les étoiles brillaient si vives dans les cieux
Qu'on eût dit que le vent retenait son haleine
Pour ne pas obscurcir leurs cercles radieux.

Un pêcheur qui tirait sa barque sur la plage
Heurta du pied, dit-on, un cadavre échoué
Qu'il prit pour le débris d'un opulent naufrage.
Ne trouvant rien sur lui quand il l'eut bien fouillé,
Il dut se contenter d'une petite bague,
D'une simple alliance — et s'éloigna soudain
Regardant le cadavre emporté par la vague

. . . . !
Longtemps on l'entendit chanter dans le lointain :

« On dit que la vie est un songe
« Et que la mort est un réveil.
« . . . .
« . . . . »

JANVIER 1860.

SONNET A MA VOISINE.

Sur vos rideaux jaloux et sur votre fenêtre
J'ai les yeux attachés du matin jusqu'au soir
Pour épier l'instant où vous allez paraître
Et goûter sans témoins le plaisir de vous voir.

Sachant bien qu'en amour le temps est un grand maître
Et qu'il ne suffit pas de vouloir pour pouvoir,
Je me dis chaque jour : « C'est pour demain peut-être. »
Demain passe et m'emporte un peu de mon espoir.

Mais pourquoi vous cacher, Madame, je vous prie ?
Mettez-vous à cela de la coquetterie ?
Est-ce pudeur de femme ou caprice d'enfant ?

Vous avez, je l'ai vu, la main patricienne,
Des cheveux et des yeux comme une Italienne...
— Croyez-moi, soulevez vos rideaux plus souvent.

FÉVRIER 1860.

L'ISTHME DE SUEZ.

A MON AMI E. B.

I.

Quand, par un soir d'hiver, la Méditerranée
Sur les côtes d'Égypte expire en mugissant,
Tandis que menaçante à la terre étonnée
La nuit à l'horizon descend,

Quel est-il ce vaisseau dont l'ardent équipage
Ose se confier à ces gouffres mouvants,
Et, quand chacun frémit, s'approche du rivage
Malgré les flots, malgré les vents?

Hélas! il va périr dans l'horrible tourmente,
Et, l'aube se levant sous les cieux étoilés,
Nous ne verrons jetés par la vague écumante
Que des cadavres mutilés!

Mais non; majestueux il approche, il avance;
Devant lui le vent tombe et s'apaisent les flots,
Et sur l'immensité sa carène balance
Tout un peuple de matelots.

D'où vient qu'on voit flotter à sa triple mâture
L'emblème de la paix, la branche d'olivier,
Tandis que les canons qui forment sa ceinture
Cachent le prêtre et le guerrier?

D'où vient qu'il peut glisser sous un ciel sans nuage
Tandis que la tempête éclate avec fracas,
Et qu'il laisse en passant un lumineux sillage
Que la nuit n'effacera pas?

Voici qu'il jette l'ancre — Au milieu du navire
Matelots et soldats sont tombés à genoux;
Seul un prêtre est debout; écoutez, il va dire
La prière du soir pour tous:

II.

« Gloire à toi, Dieu puissant, qui depuis tant d'années
« Veilles sur notre marche et sur nos destinées,
« Et permets qu'aujourd'hui, dignes de nos aïeux,
« Nous rentrions chez nous forts et victorieux!

« Nous avons pénétré jusqu'aux confins du monde
« Chez des peuples plongés dans une nuit profonde,
« Adorant de faux dieux et vivant dans les bois ;
« Nous leur avons donné des maisons et des lois.
« Nous leur avons appris ton nom et ta parole ;
« Ils ont changé leur culte et brisé leur idole,
« Et s'ils ont commencé par verser notre sang,
« Nous avons triomphé. — Gloire à toi, Dieu puissant !
« Qu'importent nos tourments si l'univers s'incline
« En fils respectueux devant ta croix divine !
« Hier encore ces lieux qui furent le berceau
« De ta religion et d'un monde nouveau
« N'étaient-ils pas souillés par des meurtres impies
« Au nom d'un autre culte et de ses utopies ?
« Peu nombreux, mais unis et forts de ton amour,
« Nous avons débarqué... ce fut assez d'un jour
« Pour voir tes ennemis fuir devant notre armée.
« Gloire à toi, Dieu puissant ! — Mais la route est fermée
« Qui devrait nous conduire à l'extrême Orient
« Où gémit dans l'enfance un peuple non croyant.
« Nous irons cependant jusqu'au Céleste Empire
« Affronter, s'il le faut, un glorieux martyre,
« Ouvrir à nos vaisseaux ses ports longtemps déserts,
« Et joindre à notre monde un second univers.

« Mais conduis-nous, Seigneur, à ces nobles conquêtes,
« Afin que nous puissions, au milieu des tempêtes,
« Jeter comme un appel à chaque nation
« Ces deux mots : Liberté, civilisation ! »

Ainsi parle le prêtre au sein de l'étendue,
Et sur l'immensité la nuit est descendue.

III.

Mais écoutez, quel est ce bruit
Que le silence de la nuit
Apporte vers nous du rivage
Où le Nil ce fleuve sauvage
Vient précipiter dans les mers
Ses flots enflés par les hivers ?
Pourquoi dans leurs grottes profondes
Entend-on bouillonner les ondes ?
Pourquoi la terre par moments
Avec d'horribles craquements
Déchire-t-elle sa surface,
Et pourquoi ce souffle qui glace
Après ce vent dont les ardeurs
Ont brûlé les fruits et les fleurs
Et tari la source féconde
Où se régénère le monde ?

Peuples glacés par la terreur,
Ce n'est pas un monde qui meurt;
Dans le fracas de la tempête
Relevez hardiment la tête.
C'est un souffle de liberté
Qu'à l'Orient déshérité
Cette nuit l'Occident envoie!
Laissez éclater votre joie,
Peuples! les flots impétueux
Raviront bientôt à vos yeux
Ces infranchissables barrières
Qui séparent deux hémisphères.
Déjà dans l'infini des cieux
L'aube jette ses premiers feux,
Et sur la plage égyptienne
Disparaît une ville ancienne.
Vers Suez d'instant en instant
Le flot monte plus menaçant;
Un éclair sillonne la nue;
Sous une puissance inconnue,
Au son d'une magique voix,
La terre une dernière fois
Tressaille! — Admirable spectacle,
La mer a franchi tout obstacle!

IV.

Toi, qui marches première entre les nations,
O ma France, entends-tu, ces acclamations
Qui remplissent des cieux la voûte séculaire ?
C'est l'hymne solennel des peuples de la terre,
Qui se sont éveillés en se tenant la main
Et réclament leur place au sein du genre humain.
C'est l'hymne de la paix et de la délivrance,
C'est l'hymne de l'amour! Sois-en fière, ô ma France,
Car cette œuvre est la tienne, et tes nobles enfants
D'absurdes préjugés sont enfin triomphants !
Les flots qui cette nuit se brisaient au rivage,
L'ouragan furieux qui déchaînait sa rage
Et déchirait les airs avec un cri de mort,
C'était pour triompher ton héroïque effort
Et la lutte suprême où tu jouais ta vie
Pour rendre à l'Orient la liberté ravie !

Et maintenant, ô France, à l'extrême Orient,
Vois-tu, comme Vénus de la vague sonore,
S'élever lentement une brillante aurore,
Sous les traits d'une vierge au regard souriant
Qui croise avec pudeur ses bras sur sa poitrine ?
D'un céleste rayon son front pur s'illumine;

Elle semble une sainte en contemplant les cieux ;
Ce n'est plus une enfant, ce n'est pas une femme.
Écoutez, elle parle ; on croirait que son âme
Fait passer dans sa voix ces mots harmonieux :
« Salut, divin soleil, bienfaisante lumière,
« Qui jettes sur mon corps ton radieux manteau !
« Je me sentais mourir, et mon heure dernière
« Livrait tout un peuple au tombeau !
« Je succombais, hélas ! pleine de force encore,
« Comme s'évanouit l'aurore
« Devant les feux brûlants du jour,
« Et nul ne comprenait mes secrètes tortures,
« Nulle main ne s'offrait à panser mes blessures ;
« Le monde à ma voix était sourd !

« Aujourd'hui je renais et je brise les chaînes
« Dont me chargeait déjà le spectre de la mort ;
« Un sang plus généreux circule dans mes veines,
« Je sens mon cœur battre plus fort.
« Comme une nuit d'été par sa tiède rosée
« Vient rendre à la terre épuisée
« L'essor et la fécondité,
« De même l'Occident, qui me doit sa naissance,
« M'a rendu cette nuit mon antique puissance
« Pour le bien de l'humanité ! »

V

Et toi, gigantesque navire,
Dont la mâture cette nuit,
Comme les cordes d'une lyre
Chantent leur plainte au vent qui fuit,
Semblait, avec sa voix plaintive,
Jeter aux échos de la rive
Un dernier chant, un chant d'adieu,
Lève ton ancre, étends tes voiles,
Pour boussole prends les étoiles,
Et mets au vent en priant Dieu.

Pour toi les cieux sont sans orages,
Pour toi les mers n'ont plus d'écueils,
Pour tes marins plus de naufrages
Et pour leurs femmes plus de deuils !
Plus de cap de Bonne-Espérance
Opposant aux fils de la France
Ses flots et ses vents furieux ;
Et plus de nation rivale
Redoutant qu'une autre l'égale
Dans ses projets ambitieux !

Vaisseau qui portes la bannière
De la civilisation,
A ta marche plus de barrière !
Va rendre à l'antique Sion
La majesté qu'elle a perdue
Et la paix des cieux descendue;
Des fanatiques du Liban
Va faire un éclatant exemple,
Et chasser les marchands du temple,
Chrétien, au nom du Dieu vivant !

Ce n'est pas tout, avance encore;
Vas accomplir ta mission
Chez les peuples où naît l'aurore;
Sauve-les de l'abjection;
Fais ton devoir, ce sont tes frères.
Déjà les saints missionnaires
Ont planté la divine croix;
Poursuis leur œuvre triomphante,
Et que l'humanité souffrante
Apprenne enfin quels sont ses droits !

Tant qu'il restera sur la terre
Une infortune à soulager,
Une conversion à faire
Et des opprimés à venger.

Tu n'auras pas fini ta tâche.
Laboure les flots sans relâche ;
Ils ne peuvent rien contre toi.
Un frêle esquif, dans la nuit brune,
Porta César et sa fortune ;
Tu portes la paix et la foi !

MARS 1861.

DÉDICACE

A MON AMI P. L.

Tu veux donc que j'ajoute un mot de dédicace
A ce conte léger qui va faire crier ?
Mais sur quoi, mon ami, veux-tu que je le fasse ?
Ce serait bien le cas de me laisser prier.
A quoi bon expliquer ce que je vais écrire
Au lecteur empressé qui cherche l'inconnu,
Et, s'il est possédé du désir de me lire,
Par quatre méchants vers l'arrêter au début ?
A quoi bon l'avertir par des phrases niaises
Qu'il est certains endroits où la sainte pudeur
Peut courir le danger de n'avoir pas ses aises ?
S'il n'est pas courageux, pourquoi lui faire peur ?

Je ne rédige pas le journal des familles;
Il n'est jamais entré dans mes intentions
D'écrire des romans pour les petites filles,
Dans le but de franchir le seuil des pensions;
On s'en apercevra de reste tout à l'heure.
Non, je chante l'amour, le vin et la gaîté;
Je ris le plus souvent, et quelquefois je pleure;
Je pleure une maîtresse, un beau rêve emporté,
Les traités de l'amour et leurs palinodies,
Traités si tôt conclus et si tôt violés
Qu'il faut les appeler infâmes comédies
Pour sécher sans regret nos yeux encor mouillés;
Mais je ris en songeant que Dieu, dans sa clémence,
M'a donné deux grands biens, le courage et la foi;
Que je suis jeune encor, que j'ai l'intelligence,
Et que, si je le veux, l'avenir est à moi.

Non, j'en fais le serment, tant que mon corps d'argile
Ne se brisera pas à force de pleurer,
Tant que mon cœur, brûlant d'une ardeur juvénile,
Ne se glacera pas à force d'espérer,
Je ne maudirai pas ma jeunesse souffrante,
Parce qu'au lendemain de mes nuits sans repos
Je berce entre mes bras une tête charmante
Qui me verse le calme et l'amour à longs flots;

Parce que la douleur fait plus douce la joie,
Et parce qu'au moment de douter de la loi
Qui m'attache à la vie, il faut bien que j'y croie
Quand je serre la main d'un ami comme toi !

SAINT-GERMAIN EN LAYE, juillet 1862.

LES TROIS PUISSANCES

« Est-ce que nous allons nous coucher de ce pas,
« Fabio, tout bêtement, presque au sortir de table?
« Réponds un mot, voyons, tu ne m'entends donc pas,
« Fabio? Regarde donc, quelle nuit admirable!
« J'aimerais mieux mourir que de rentrer chez moi
« Avant d'avoir donné la moindre sérénade,
« Dussé-je réveiller de par l'ordre et la loi
« Messieurs les Alguazils et monseigneur l'Alcade!
« — Je perds mon temps ici. Voici tantôt huit jours
« Que je suis arrivé sous le ciel de Castille,
« Et je n'ai pas encore ébauché deux amours.
« Je jure que demain il n'est ni femme ni fille

« A la vertu de qui je ne livre un assaut.
« Tu m'en feras connaître un nombre respectable,
« Car quiconque à Madrid n'aime pas est un sot ;
« Et si tu n'aimes pas, Fabio, va-t'en au diable ! »

Fabio resta muet devant ces arguments
Qui s'échappaient plutôt du fond d'une bouteille
Que du cerveau d'un homme ayant tout son bon sens.
Il ne s'éloigna pas, comprenant à merveille
Que dans un tel moment laisser là son ami,
Ce serait à coup sûr vouloir que les alcades
Le trouvassent au jour sur un banc endormi.
Il saisit donc son bras, malgré ses rebuffades,
Et, tâchant de doubler sa force et sa raison
Pour tenir Fernandez au milieu de la rue,
Il se mit en devoir de chercher sa maison
Que depuis quatre jours il n'avait pas revue.

Fernandez parlait moins, s'il divaguait encor,
Quand ils mirent le pied sur la place Major ;
La fraîcheur de la nuit et sa brise embaumée
Chassaient de son cerveau la bachique fumée ;
Son chapeau sur sa tête était beaucoup plus sûr,
Et ferme sur ses reins se tenait son épée
Qui ne se heurtait plus à chaque pan de mur

Ainsi qu'elle avait fait au fort de l'équipée.
Il pouvait être alors deux heures du matin ;
L'obscurité régnait sur la place déserte;
Une seule fenêtre était encore ouverte
Jetant dans la nuit sombre un rayon argentin
Avec les purs accents d'une voix féminine.

Peut-être on a raison, l'homme est une machine ;
Mais soyons de bon compte, il arrive souvent
Que la machine agit avec discernement.
Lecteur, je te fais juge en cette circonstance :
Voici deux jeunes gens qui sortent de bombance,
La tête si troublée et l'estomac si plein
Qu'ils auront quelque peine à trouver leur chemin;
Cependant nous voyons qu'ils ont assez d'empire
Sur leurs jambes d'abord, puis sur leurs volontés,
Pour aller droit au but, (car il est bon de dire
Que devant la fenêtre ils s'étaient arrêtés).
A quoi bon tant d'efforts pour trouver la sagesse
Quand nous la rencontrons bonnement dans l'ivresse,
Et n'a-t-il pas raison ce proverbe latin
Qui dit : « La vérité, cherche-la dans le vin ? »

Ce n'est pas un conseil, lecteur, que je te donne,
Car je veux avant tout n'influencer personne.

C'est une opinion que j'émets en passant,
Rien de plus ; libre à toi d'être un peu moins glissant
Sur ce terrain douteux appelé la morale.

Je m'arrête ; j'ai peur d'exciter le scandale.
Avant de me lancer dans la digression
J'aurais dû commencer par ma confession.
Comme un enfant gâté parfois j'ai des caprices,
Et, sans savoir pourquoi, je me prends à causer
Avec mes vieux lecteurs et mes jeunes lectrices,
Comme si mes discours pouvaient les amuser.
Il vous est arrivé plus d'une fois sans doute
D'aller vous promener sans un but arrêté.
Interrogé pourquoi vous avez pris la route
Plutôt que le chemin qui se trouve à côté,
Pareil à l'écolier qu'on vient de prendre en faute,
Vous répondez d'abord que vous n'en savez rien.
Cependant, arrivé sur le haut de la côte,
De même qu'en mangeant souvent l'appétit vient,
Vous feriez volontiers un petit tour en plaine,
Après quoi vous montez un tout petit coteau
Pour céder au désir qui bientôt vous entraîne
De contempler un site infiniment plus beau ;
Puis lorsque vous voulez gagner votre demeure,
Vous êtes tout surpris d'en avoir pour une heure.

Eh bien ! mon cher lecteur, quand par hasard j'écris,
J'agis presque toujours de la même manière,
Et je ne comprends pas ces valeureux esprits
Qui n'ont jamais aimé l'école buissonnière ;
Car il est si charmant de marcher devant soi
Ayant, comme un héros que protége une fée,
Le caprice pour guide et le désir pour loi !
Je comprends les rochers qui suivirent Orphée.
J'en aurais fait autant dans leur position.
Ils devaient s'ennuyer d'être à la même place
Depuis le premier jour de la création.
Orphée était, dit-on, un charmant Lovelace
Qui parlait à ravir et chantait encor mieux.
Eux s'ennuyaient beaucoup de n'avoir point d'affaire ;
Ils le suivirent donc à la grâce des Dieux.

Si tu n'es pas comme eux, lecteur, tu n'as que faire
De chercher ma pensée en ses nombreux détours.
Fais un auto-da-fé de ma muse éphémère,
Car je ne suivrai pas les chemins les plus courts.
Cela dit, je reprends le fil de mon discours,
Et retourne aux amis qui sont là dans la rue.

Voici donc le tableau qui s'offrit à leur vue.

Derrière deux rideaux souples et transparents
Qu'une brise légère entr'ouvrait par instants
Chantait une Espagnole, autant dire une belle,
Couchée indolemment dans un flot de dentelle.
Soit calcul, soit hasard, la frange du jupon
Laissait apercevoir un pied de Cendrillon,
Dont les doigts effilés jouaient dans une mule
Entre des fils d'argent et des touffes de tulle.
Le peignoir sur les bras descendait peu à peu,
Et cachait à regret deux seins veinés de bleu
Tout prêts à s'échapper de leur prison soyeuse
A chaque mouvement que faisait la chanteuse.
Sous des cils fins et longs étincelaient ses yeux,
Et c'était un plaisir de voir ses beaux cheveux
Aussi noirs que le jais, de leur reflet bleuâtre
Ombrager mollement deux épaules d'albâtre.
Sur le bord du sofa l'un des bras s'appuyant
Soutenait tout le poids de ce corps ondoyant,
Tandis que l'autre, encor prisonnier dans sa manche,
Laissait sur la guitare errer une main blanche.

Chacun en la voyant eût dit Ophélia
Qui sur le bord du fleuve en rêvant s'oublia.

Après quelques moments d'extase : « Sur mon âme !
« Elle est belle à damner les saints du Paradis,

« S'écria Fernandez. Connais-tu cette femme?
« Est-elle mariée, est-elle veuve? dis.
« Je n'ai jamais rien vu d'aussi beau de ma vie.
« Comment l'appelle-t-on? A-t-elle des amants? »
— « Halte-là! reprit l'autre; aurais-tu quelque envie
« D'en faire ta maîtresse? Ah! tu perdrais ton temps,
« Je dois t'en prévenir avec pleine franchise. »
— « Çà, pour fermer ainsi l'oreille aux doux propos,
« Murmura Fernandez, c'est donc un mur d'église
« Ta belle señora? » — « Veux-tu qu'en peu de mots,
« Dit Fabio gravement, je te fasse connaître
« Son nom, son rang, sa vie et sa noble maison
« Puis, lorsque je prétends qu'elle refuse un maître,
« Toi-même jugeras si j'ai tort ou raison.

« Doña Flor est son nom et don Silva son père,
« N'étant pas Castillan, tu ne peux pas savoir
« Que dans cette famille, ainsi que le pouvoir,
« L'honneur fut de tout temps un bien héréditaire.
« Mariée à quinze ans au comte d'Avila,
« Jeune, beau, possesseur d'une fortune immense,
« Et grand d'Espagne encor par-dessus tout cela,
« Doña Flor fut heureuse, au moins en apparence;
« Mais le comte obligé de traverser les mers,
« (Il était gouverneur de notre Nouveau Monde)

« La laissa seule ici pendant deux longs hivers.
« Poursuit-il quelque part sa course vagabonde,
« Ou bien, trahi déjà par les faveurs de l'onde,
« A-t-il trouvé la mort au fond de l'Océan;
« Telle est la question qu'on se pose en tremblant.
« Sa veuve, heureusement par le sort épargnée,
« N'a pas encore atteint sa vingt-cinquième année,
« Et, (dans un tel malheur spectacle consolant),
« Tu vois que le chagrin ne l'a pas trop fanée.
« Elle vient de porter son deuil très-gentiment,
« En noir, pendant deux ans, sans faire la coquette;
« Mais elle n'entend pas qu'on lui parle d'amant.
« Je ne sais vraiment pas ce qu'elle a dans la tête.
« Ce que compte Madrid de jeunes gens bien nés,
« Après avoir tenté de faire sa conquête,
« Se sont tués pour elle une fois ruinés;
« Et pourtant le mortel qui parvient à lui plaire
« Devient en l'épousant vingt fois millionnaire.
« Je te conseille fort de disputer l'enjeu. »
— « L'épouser ! s'écria Fernandez avec feu. »
— « C'est l'unique moyen de trancher son veuvage. »
— « Merci, mais je la veux pour maîtresse, et je gage
« Qu'avant qu'il soit huit jours j'en vais avoir raison. »
— « Gage, si tu le veux : moi je gage que non. »
— « J'accepte le pari; celui qui se fait battre
« Paye à l'autre un souper où l'on boit comme quatre. »

Doña Flor cependant que le sommeil gagnait,
Voyant sur son balcon le premier jour paraître,
Avait pris le parti de fermer sa fenêtre ;
Et nos deux jeunes gens que rien ne retenait
Quand leurs conventions se trouvèrent bien faites,
Enfoncèrent d'un coup leurs mains dans leurs gants [blancs,
Leurs nez dans leurs manteaux, leurs chapeaux sur leurs [têtes,
Et s'en furent coucher comme deux présidents.

Veux-tu faire avec eux plus ample connaissance,
Cher lecteur? Suivons-les. — Près de ce carrefour,
Tu vois une maison d'assez triste apparence,
Dont les murs délabrés s'affaissent chaque jour.
Un jeune homme s'approche, et d'une main fébrile
Frappe contre la porte un tel coup de marteau,
Que du sommet du toit se détache une tuile
Dont les débris épars effleurent son manteau.
C'est Fabio. — Ce viveur, qui tout à l'heure encore
Faisait hurler l'orgie à deux pas de chez lui,
Rentre pour embrasser sa mère qu'il adore,
Sa mère qui peut-être a veillé cette nuit
Attendant le retour de son enfant prodigue,
Et qui, le retrouvant plus tendre que jamais,
Dès son premier baiser oubliera sa fatigue.

Je n'expliquerai pas, si tu me le permets,
Par quelle étrangeté, s'il aime tant sa mère,
Ce jeune homme a bien pu la laisser quatre jours,
Lui qui lui reste seul de soutien sur la terre,
Pour courir les soupers et les folles amours.
Je dirai seulement que c'est un grand poëte
Qui ne sait pas régler sa tête sur son cœur,
Qui les trois quarts du temps vit en anachorète,
Qui passe une journée, immobile et rêveur,
A contempler des cieux la divine harmonie;
Enfin qui sur le soir prend une plume en main,
Et trace quelques vers où perce le génie.

Voilà pour le poëte. — Et puis le lendemain,
Comme un prince insensé qui renonce à l'empire,
Tu le verras briser sa plume en blasphémant
Et déchirer les vers que sa main vient d'écrire.
— Souvent, c'est presque un Dieu — parfois moins qu'un [enfant.
Une fois tous les mois il se donne vacances,
Se pare tout à coup de ses plus beaux habits,
Remplit ses poches d'or et s'inonde d'essences,
Puis s'en va réveiller quelques joyeux amis.
Alors ce ne sont plus que bals et sérénades,
Visites au Prado, soupers et cætera,
Ce qui ne permet pas à Messieurs les Alcades
De dormir des deux yeux pendant tout ce temps-là.

Dirai-je maintenant un mot de sa maîtresse?
L'amour n'étant pour lui qu'une distraction
Et l'écot obligé qu'on paye à la jeunesse,
Ce qu'on est convenu d'appeler passion
Lui causa de tout temps une terreur profonde;
Mais ses faibles moyens ne lui permettant pas
De courir, comme on dit, de la brune à la blonde;
Ajoutez à cela, pour comble d'embarras,
Qu'il n'aimera jamais la première venue;
Qu'il est pour les amours très-quintessenciés,
Analyse une femme ainsi qu'une statue
Du corps jusques à l'âme et de la tête aux pieds,
Et qu'on ne fera pas entrer dans sa cervelle
Que, sans un million et de nombreux laquais,
Une femme après tout peut bien passer pour belle.
C'est une vérité qu'il n'admettra jamais.
Cependant, en dépit de cette théorie,
Avec tous les portraits de ses amours passés,
Il a pu se former certaine galerie
Comme en souhaiteraient bien des gens haut placés
Qui se grisent avec la richesse et la gloire,
Tandis qu'au fond du verre ils laissent le meilleur,
L'amour, le premier vin qu'il faut apprendre à boire,
Car nul autre que lui ne réchauffe le cœur!

Revenons à Fabio. — Voici par quelle adresse
Il se faisait aimer. — J'ai déjà dit, je crois,
Qu'il avait pour l'étude une grande faiblesse,
Et qu'il se renfermait vingt-six jours tous les mois
Aussi complétement qu'une vierge cloîtrée.
A ses moments perdus, il rimait un sonnet
Pour chaque Rosina qu'il avait rencontrée
Pendant les quatre jours de congé qu'il prenait,
Puis faisait parvenir sa missive galante
Dont les plis parfumés cachaient un rendez-vous.

Il manquait à Fabio cent mille francs de rente ;
C'est ce qui peut manquer à beaucoup d'entre nous.
Mais, s'il n'était pas riche, il avait en revanche
La taille très bien prise, un pied de patricien,
De fort beaux cheveux noirs, une peau fine et blanche,
Et, ce que bien des gens ne compteraient pour rien
Aujourd'hui qu'on est vieux dès que l'on vient au monde,
Sous son air sérieux un grand fond de gaîté,
Si bien que la douleur, sans être moins profonde,
Cédait bientôt la place à l'hôte mieux fêté.

Or c'était au Prado qu'il trouvait ses Rosines
Étudiant l'effet de leurs petites mines
Avec assez de soin, pour que plus d'une fois
Il ait pu regretter d'avoir à faire un choix

Entre tant de beautés s'offrant à sa tendresse.
Le choix fait, il gardait quatre jours sa maîtresse,
Jamais plus jamais moins, depuis trois ou quatre ans,
L'aimait d'autant plus fort qu'il avait moins de temps,
Dépensait en soupers, cadeaux et mascarades,
Son revenu d'un mois, moins quinze ou vingt cruzades
Qu'il n'aurait pas manqué de jeter dans la main
Du premier mendiant assis sur son chemin ;
(Car il disait toujours qu'une heure de folie
Fait trop souvent du tort au pauvre qu'on oublie) ;
Puis, les poches à sec, il retournait chez lui,
Content d'avoir volé quatre jours à l'ennui.

Si ma jeune lectrice a poussé l'indulgence
Jusqu'à me pardonner mon extrême licence
Et suivre mon discours sans bâiller trop souvent,
J'ai peur que cette fois son premier mouvement
Ne la porte à crier que je la scandalise,
Et que j'ai très grand tort, si je veux qu'on me lise,
De poser en héros un libertin sans cœur
Qui parle de l'amour avec un air moqueur,
Qui prétend ériger l'inconstance en système,
Et quitte sa maîtresse en lui disant : Je t'aime.
Mais dussé-je me faire un procès avec vous,
Et changer en éclairs vos yeux pourtant si doux,

Voici, ma chère enfant, ses moyens de défense
Que vous apprécierez dans votre conscience.

Quand on aime une femme, on l'aime en général
Comme l'expression d'un parfait idéal
Qu'on ne verra jamais ailleurs que dans sa tête :
Elle est jeune, elle est belle, elle n'est jamais bête,
N'a pas un seul défaut, ou bien en a si peu !...
L'azur de ses beaux yeux reflète le ciel bleu;
Ce n'est pas même un sylphe, — une ombre ; — moins
C'est le frémissement qu'on entend à l'aurore ; [encore ;
Moins chaste était Diane et moins tendre Héro
Que cette Juliette avec ce Roméo,
Et quand ses petits pieds daignent toucher la terre,
Camille de Virgile est beaucoup moins légère.
— Me préserve le ciel de nier vos beautés,
Madame ! — Assurément vos yeux sont veloutés,
Vous avez de l'esprit, la jambe très-bien faite,
Le port majestueux, la taille rondelette,
Et le pied si mignon qu'il tiendrait dans ma main ;
Croyez-vous cependant votre pouvoir certain,
Et ne craignez-vous pas que votre amant fidèle
Ne vienne à vous quitter pour une autre plus belle,
En dépit des serments qu'il vous fait tous les jours?
Il n'est point ici-bas d'éternelles amours,

Et, croyez-moi, le mieux est de ne pas attendre
Que dans le tête-à-tête il se montre moins tendre,
Qu'un reste d'habitude ou l'attrait du plaisir,
Chez cet homme blasé remplaçant le désir,
Dans vos bras palpitants chaque soir le ramène !
— Craignez l'indifférence, elle est sœur de la haine.

Quand vous allez au bal vous mettez une fleur
Sur votre sein brûlant, Madame la Marquise ;
Pendant que vous dansez elle se fane et meurt,
Et, le matin venu, vous êtes bien surprise
De trouver sa corolle aux plis de vos volants.
De même pour l'amour. — C'est donc agir en sage
De respirer la fleur pendant quelques instants
Quand elle est encor fraîche à votre blanc corsage,
Et puis de s'éloigner, de peur qu'entre nos doigts
Ne s'arrête la sève au sein de son calice.

De même à votre amant donnez-vous une fois
Si vous ne voulez pas que votre amour périsse ;
Donnez-vous aujourd'hui sans crainte et sans remords,
Laissez-le vous nommer la plus belle des femmes,
Laissez ses pleurs d'enfant couler sur votre corps,
Et dans vos longs baisers unissez vos deux âmes ;
Mais, si vous m'en croyez, partez demain matin

Pour n'être pas tentés de vous aimer encore.
N'allez pas vous tuer comme ce libertin
Qui meurt par le poison lorsque paraît l'aurore,
Et de son lit d'amour se fait un froid tombeau ;
Mais vivez. — Eussiez-vous la gloire et la richesse,
Elles ne pourraient pas vous payer ce que vaut
L'éternel souvenir de cette nuit d'ivresse;
Vivez, et si jamais la faveur du hasard,
Ne fût-ce qu'un instant, vous livre un tête-à-tête,
Que dans votre entretien l'amour n'ait point de part,
Et que sur le passé votre voix soit discrète.
C'est par le souvenir que vit la volupté;
Vous avez fait tous deux un rêve qu'on envie ;
Ne faites pas du rêve une réalité.
Heureux qui peut aimer une fois dans sa vie !

C'est par cette raison, Madame, que Fabio
Se plaisait tous les mois dans un amour nouveau.

Quand l'ami Fernandez secouant sa paresse
Sortit de la torpeur qui succède à l'ivresse,
Il faisait très-grand jour — ou plutôt presque nuit,
Car il s'était couché fort satisfait de lui

Et se croyant déjà sûr de la réussite.
Quand on s'endort content les heures passent vite.
« — Par les démons d'enfer, fit-il en s'éveillant,
« Je crois que j'ai dormi le grand tour du cadran !
« C'est douze heures de moins pour gagner ma gageure.
« Si pourtant doña Flor m'échappe, que je meure !
« Holà ! Pérez. » — Pérez parut à l'horizon.
« — Combien peux-tu gagner par an dans ma maison ? »
« — Peu de chose, Seigneur. » — « Tu fais des sacrifices,
« Tu ne fais pas payer assez cher tes services,
« C'est entendu ; voyons, sois franc et réponds-moi. »
« — Peu de chose, Seigneur. » — « Eh ! bien tant pis pour toi ;
« J'avais l'intention, quelle que fût la somme,
« De doubler, de tripler, serviteur économe,
« Ce que je te croyais avoir mis de côté. »
Pour voir si Fernandez disait la vérité,
Le rusé serviteur souleva sa paupière
Qu'il baissait sur ses yeux comme un saint en prière,
Et jeta sur son maître un coup d'œil scrutateur.
Il lui parut fort calme et d'assez belle humeur ;
Alors prenant sa voix doucereuse et câline,
Notre homme hasarda cette phrase féline :
« J'ai vingt mille réaux, Seigneur. » — « J'étais bien sûr
« Que je rendrais ainsi la parole à ce mur,

« S'écria Fernandez dans un éclat de rire.
« O puissance de l'or, c'est bien le cas de dire :
« Les aveugles verront, les muets parleront.
« Mais sais-tu bien, l'ami, que c'est un chiffre rond
« Vingt mille réaux ! Peste, il paraît que la porte
« Ne s'ouvre pas toujours pour que notre argent sorte,
« Et que le plus gros reste aux mains de nos laquais.
« Et moi qui te croyais pilier de cabarets !
« C'est égal, cet aveu dépouillé d'artifice,
« Si j'étais un croquant capable de malice,
« Pourrait donner sujet à Monsieur le bourreau
« De te mettre avant peu le col dans le garrot
« Pour avoir sans pudeur ainsi volé ton maître ! »
— Ici Pérez frémit. — « Mais tu dois me connaître,
« Poursuivit Fernandez ; quand il s'agit d'argent
« Personne moins que moi ne se montre exigeant,
« Et je ne voudrais pas, pour si petite somme,
« M'exposer au remords d'avoir fait pendre un homme.
« Ta fortune se monte à vingt mille réaux ;
« Eh bien ! je vais te faire haïr de tes égaux.
« Comme je t'ai promis je triple ta fortune,
« A la condition, car ce n'est pas trop d'une,
« Que tu me prêteras ton habile concours
« Pour mettre en bon chemin de nouvelles amours.

« Connais-tu Doña Flor? » — « La veuve inconsolable,
« Tout Madrid la connaît. » — « Tant mieux, prends sur [la table
« Ce coffret enrichi d'or et de diamants
« Et va le lui porter avec mes compliments.
« Mais pour gagner la duègne il te faut quelque chose ;
« Donc ouvre ce tiroir, prends cette bourse rose,
« Elle doit contenir un millier de réaux
« Dont tu feras sonner les magiques grelots :
« Après ce fier début, digne de Lovelace,
« Il ne s'agira plus que d'entrer dans la place.
« Quant à cela, mon cher, je m'en rapporte à toi,
« Car ce genre d'assaut te connaît mieux que moi.
« Tu marcheras devant pour me frayer la voie,
« Va vite, et que le ciel te tienne dans la joie. »

Si tu veux bien, lecteur, nous laisserons Pérez
Courir chez Doña Flor et séduire sa duègne,
Et nous demanderons au seigneur Fernandez
Si l'amour le torture et s'il faut qu'on le plaigne,
Ou si l'unique peur de perdre son pari
Fait qu'à pas de géant, les bras sur sa poitrine,
Il arpente sa chambre ainsi qu'un vieux mari
Apprenant que sa femme a la jambe très-fine.
Le personnage étant connu suffisamment,
Poser la question c'est presque la résoudre.

Non, ce n'est pas la peur de voir en un moment
Réduire, comme on dit, tout son bonheur en poudre
Qui cause à Fernandez cette agitation.
L'amour n'a pas marqué dans sa folle existence,
Rarement le désir, jamais la passion.
Colossalement riche, orphelin dès l'enfance,
Capricieux par goût et ne tenant à rien,
Quand de son patrimoine il eut en main les rênes
Il voulut s'éloigner du sol sicilien,
Et, dans un jour d'humeur, il vendit les domaines
Où son père était mort, où lui-même était né,
Et dont les revenus, au taux le plus modique,
Auraient fait tressaillir un nabab ruiné,
Et fléchir la vertu d'une matrone antique.

Dix ans sont écoulés. Tel nous l'avons quitté,
Tel après ces dix ans d'existence nomade
Fernandez nous revient, par un beau soir d'été,
L'esprit aussi sceptique et le cœur plus malade.
En vain il a porté ses pas audacieux
Sur la cime des monts où l'homme solitaire
Élève avec amour son âme vers les cieux,
Oubliant que son corps appartient à la terre ;
Où d'autres ont pleuré, ses yeux sans se mouiller
Ont regardé le ciel avec indifférence,

Et peu s'en est fallu qu'on ne l'ait vu bâiller;
Où d'autres ont prié, la même insouciance
A laissé son cœur froid et sans expansion.
En vain il a pressé les plus nobles des femmes
Dans ses bras énervés; jamais la passion
N'a sur sa lèvre aride allumé d'autres flammes,
Que l'ivresse du vin et l'ivresse du jeu;
Car c'est un libertin dans la force du terme,
Ne s'imaginant pas qu'il existe un milieu
Entre aimer la duchesse et la fille de ferme.
Si le ciel l'eût fait naître en la grande cité,
C'eût été le garçon le plus heureux du monde
Pour avoir rencontré quelque jeune beauté
Dont le bas fût intact de cette boue immonde
Qui jaillit du pavé sur la bottine en cuir.
Pour suivre cette femme il eût changé de route,
Ses refus obstinés ne l'eussent pas fait fuir;
Il eût voulu l'avoir d'assaut coûte que coûte,
Duchesse blasonnée ou femme d'ouvrier,
L'eût-elle fait monter jusqu'au septième étage,
Par un escalier noir, dans un affreux grenier,
Sale comme un chenil et grand comme une cage.

Je sais bien que l'amour peut se trouver partout
Et que c'est un grand tort de critiquer les autres

Parce que sur ce point ils n'ont pas même goût,
Et ne conforment pas leurs sentiments aux nôtres;
Mais on m'accordera (c'est tout ce que je veux)
Que l'amour sans l'argent est une triste chose,
Et qu'il n'est rien de tel pour un amant heureux
Que de voir encadré dans un frais chapeau rose
L'ovale gracieux du visage adoré;
Couvertes de velours, de dentelle ou d'hermine,
Ces épaules qu'un soir un corset mal serré
Livrait aux froids baisers de la brise lutine,
Trésor qui depuis lors à lui seul appartient;
Qu'enfin de voir monter dans un riche équipage
Cette femme qu'il aime et qui le lui rend bien.
— Mais encore une fois cessons ce bavardage.

Après avoir tremblé de se voir refuser,
Notre homme avait fini par se tranquilliser,
Et dans le cœur désert de ce bas Lovelace
La crainte à l'espérance avait bientôt fait place.
J'aurais voulu, lecteur, que tu pusses le voir
Planté comme un piquet devant un grand miroir,
Étalant d'une main son jabot de dentelle,
De l'autre ramenant une mèche rebelle,
Donner à sa toilette un dernier coup de main,
Lorsque se fit entendre un grognement humain,

Et que Pérez penaud, rouge comme une fraise,
Tremblant comme une feuille et très-mal à son aise,
Entre-bâilla la porte avec timidité.
— Eh bien! qu'a répondu cette fière beauté,
Soupira Fernandez avec indifférence?
— Seigneur, elle est sensible à votre préférence...
— Ah! mon brave Pérez! A quelle heure et quel jour
Veut-elle recevoir l'aveu de mon amour?
— Hélas! jamais, Seigneur. — Doña Flor! Invisible!
— Invisible, dis-tu? Mais sa duègne... — Inflexible!

Pérez qui ne tenait que médiocrement
A sentir sur son dos le bras du Lovelace,
S'élança comme un sylphe hors de l'appartement,
Non pas sans avoir vu son visage de glace
Passer par les couleurs d'un prisme éblouissant.
Pour la première fois, dans sa longue existence,
Il se sentait vaincu, qui pis est impuissant,
En dépit de son or et de son impudence.

Avez-vous, quand déjà le jour touche à sa fin,
Vu rôder aux abords ~~de~~ quelque bergerie
Un loup sorti du bois pour assouvir sa faim?
Comme un vieux général dressant sa batterie

Du côté que la place offre le plus d'accès,
L'avez-vous vu passant et repassant sans cesse
Par cent détours adroits préparer son succès?
De même Fernandez, en veine de tendresse,
A compter de ce jour assiégea Doña Flor,
Et crut que le moyen de gagner la gageure
Était de prodiguer à pleines mains son or
A qui lui livrerait la clef de sa demeure.
Mais tout fut inutile. — En vain ses billets doux
Arrivaient escortés de toute la richesse
Qu'il avait enlevée aux rivages indous,
Tous venaient échouer contre la forteresse.

Une fois cependant il parvint à savoir
Qu'il pouvait rencontrer Doña Flor au spectacle
Il se mit en campagne, et bien avant le soir,
A prix d'or et d'argent écartant tout obstacle,
Il avait fait joncher de perles et de fleurs
Le chemin que devait parcourir la cruelle,
Puis courut se mêler au flot des spectateurs,
Comptant bien ce soir-là n'avoir d'yeux que pour elle.
Il la vit en effet plus belle que jamais,
Paraissant n'opposer que son indifférence
A ses adorateurs avoués ou secrets,
Et si je ne craignais de faire une imprudence,

Je pourrais vous donner le nom de chaque amant
Qui fut en se couchant tancé par sa maîtresse
Pour avoir regardé sa loge constamment
Et pas du tout la scène où se jouait la pièce ;
Pour tout vous dire enfin, j'ajouterai encor
Sous le sceau du secret, que notre Lovelace
Fut très-désappointé quand il vit Doña Flor
Partir comme un perdreau devant un chien de chasse.

Pendant la nuit suivante il marcha comme un fou,
Parcourut tout Madrid, allant sans savoir où,
Lorsque subitement il lui prit fantaisie
D'aller trouver Fabio. L'heure était bien choisie.
Mais il crut éprouver le besoin de le voir.
Peut-être voulait-il l'inviter pour le soir,
Car le terme fixé pour gagner la gageure
La huitaine fatale expirait tout à l'heure.
Quoi qu'il en soit, lecteur, il ne vit pas Fabio
Qui passait quelquefois sa nuit dans un tripot,
Mais ayant réfléchi qu'il ne gênait personne
Et que pour reposer la maison était bonne,
Il s'installa chez lui pour attendre le jour.
Il s'endormit bientôt; mais son sommeil fut court,
Et le premier rayon qui frappa la fenêtre
Suffit pour l'éveiller plus fatigué peut-être.

Le ciel était splendide, il voulut l'admirer ;
L'atmosphère était douce, il voulut respirer ;
Mais juste en ce moment un coup de vent du diable
Emporta des papiers épars sur une table.
Fernandez en prit un au hasard, il le lut,
Et sortit en criant : Pardieu, c'est mon salut !

Vingt-quatre heures plus tard environ, à nuit close,
Si vous aviez passé sur la place Major,
Gagnant paisiblement votre lit, je suppose,
Vous eussiez vu ceci qui vaut son pesant d'or.
Un homme enveloppé dans un manteau très-sombre,
Chantant sous un balcon d'où tombe un papier blanc,
Et vingt pas en arrière, un autre homme dans l'ombre,
Qui trouve ce spectacle assez peu régalant,
Vu qu'on chante ses vers et qu'on aime la femme
Pour laquelle son cœur vient de se mettre en frais.
Aussi s'éloigne-t-il en murmurant : L'infâme !
... A sa place, lecteur, qu'est-ce que tu ferais ?

Non, ne me réponds pas. Tu dirais que l'offense
Est énorme venant de son ami d'enfance,
Et ne peut se laver que dans des flots de sang.
Grand merci du moyen, il est réjouissant ;

Sans compter qu'il est vieux et sert à tout le monde,
Comme un couplet d'amour que l'on chante à la ronde.
Fabio, quoique poëte, eut beaucoup plus d'esprit,
Et pour rire à son tour voici comme il s'y prit.

Doña Flor dès longtemps connaissait son veuvage,
Et rêvait nuit et jour un second mariage;
Ce pauvre Fernandez dut en passer par là.
Ce fut un grand malheur, mais il se consola.
Or, comme il gravissait les marches de l'église,
Fabio lui prit le bras : « J'aime ta Cidalise,
« Lui dit-il à l'oreille; ami fourbe et pervers,
« Tu me dois un souper, plus le prix de mes vers;
« Présente-moi demain à ta jeune conquête,
« Sinon je lui fais voir que tu n'es pas poëte. »

Mais il n'eut pas besoin de le lui faire voir ;
... On dit que Doña Flor s'en aperçut... le soir.

Chaque jour ici-bas l'Esprit et la Fortune
Prouvent qu'ils ne sont pas d'origine commune ;
S'ils pouvaient une fois conclure un bon traité
Ils ne trouveraient plus de rebelle beauté.
Tant qu'ils sont condamnés à se faire la guerre
C'est encore l'Esprit que la Beauté préfère,

Et s'ils se rencontraient tout serait pour le mieux ;
Mais lorsque nous voyons qu'un destin envieux
Les sépare à jamais, il faut être en démence
Pour chercher malgré tout une triple alliance.

C'est ce que j'ai voulu prouver par ce récit.
Le savais-tu, lecteur? — Alors j'ai réussi.

JUIN 1861.

PARESSE.

I

Tu dis que tu m'as cru poëte, pauvre amie,
Et que tu t'honorais de m'avoir pour amant;
Mais tu ne comprends pas que ma muse endormie
Sur notre amour nouveau se taise obstinément,
Comme si c'était peu que le nom de ma mie
De mon cœur à ma bouche arrive à tout moment!

II

Rassure-toi pourtant, tu ne t'es pas trompée.
Si, pour être poëte, il faut, comme on le croit,

Conduire à bonne fin une longue épopée,
N'ayant pas le secret de m'échauffer à froid,
Je ne veux pas garder une place usurpée
Et renonce à ce titre auquel je n'ai nul droit.

III

Mais s'il est trois moyens de s'appeler poëte,
Qu'on le soit par l'esprit, qu'on le soit par la tête,
Ou bien, ce qui vaut mieux, qu'on le soit par le cœur,
A m'asseoir au Parnasse aujourd'hui je m'apprête,
Et n'entends certes plus décliner cet honneur
Que j'accueillis souvent d'un sourire moqueur.

IV

Je sais bien qu'à l'abri de la troisième classe
Bien des gens illettrés vont entrer au Parnasse
Et donner chaque jour une entorse à l'esprit ;
Mais le mal n'est pas grand, et pour un sot qui passe
Faut-il fermer la porte à qui n'a rien écrit
Et n'en comprend pas moins le livre où Dieu se lit ?

V

Car c'est être poëte et de la bonne espèce
Que de sentir son cœur au spectacle du beau

Se remplir tout à coup d'une ineffable ivresse,
Et, dût-on m'accuser d'aimer trop la paresse,
A tout poëme épique échappé d'un cerveau
Je préfère le ciel dans une goutte d'eau.

VI

Je suis donc un rêveur. C'est pour cela, ma belle,
Que rimer un sonnet, écrire une nouvelle
Ne me fera jamais t'aimer ni plus ni mieux.
Doutes-tu que je t'aime? Eh bien! lis dans mes yeux,
Mais rimer en amour est une bagatelle
Qu'il faut laisser aux sots comme aux ambitieux.

VII

Crois-tu que je sois pris du démon de t'écrire
Quand ton cœur dans ma main bat jusqu'à la briser,
Et crois-tu que mes vers peindraient bien mon délire
Quand sur mon front brûlant ton front vient se poser?
Dérision! — Musset avait raison de dire
Que le seul vrai langage au monde est un baiser!

VIII

Et puis elle naquit dans un jour de tristesse
La sainte poésie, et le chant du malheur

Convient mieux à sa voix que le chant d'allégresse
Choisissant ses amours ainsi qu'une princesse,
C'est plutôt au mortel mûri par la douleur
Qu'elle donne à la fois et sa main et son cœur.

IX

Puisque je suis heureux à quoi bon te l'écrire ?
Tu le sais, il suffit... Mais si tu tiens beaucoup,
Malgré tous mes serments, à me l'entendre dire,
Cesse de me jeter tes bras autour du cou,
Et je te promets bien que je reprends ma lyre,
..... A moins que ce jour-là je ne devienne fou !

3 FÉVRIER 1862.

CHANSON.

Elle a de grands yeux noirs, ma belle,
Qui brillent comme l'étincelle
Ou chatoient comme le velours,
Le soir quand je suis auprès d'elle;
..... Aussi je les fixe toujours.

Elle a des cheveux à revendre
Que dans mes mains j'ai peine à prendre,
Lorsque leurs flots épais et lourds
Sur son cou blanc vont se répandre ;
.... Aussi je les défais toujours.

Elle a des lèvres à la Greuze,
Dont la grâce à demi railleuse
Semble défier les amours
Et leur fièvre voluptueuse ;
..... Aussi je les baise toujours.

Mais elle a surtout un cœur d'ange,
Une tendresse sans mélange,
Une âme franche et sans détours ;
Hélas ! que je perdrais au change
Si je ne l'aimais pas toujours !

24 Février 1862.

CHATEAUX EN ESPAGNE.

I

Parfois, quand je bâtis des châteaux en Espagne,
Prenant l'amour pour guide au lieu de la raison,
Je me dis qu'au retour de la belle saison
Nous irions tous les deux chercher à la campagne,
Elle un peu de santé, moi quelque autre horizon
Moins poudreux que Paris, ce pays de Cocagne.

II

Et me plaisant alors à former un tableau
De tous les vains projets qui passent dans ma tête,

Je me trouve installé, non pas dans un château,
Mais dans une riante et blanche maisonnette
Qui cache au fond des bois sa façade coquette,
Et baigne ses deux pieds dans un pur filet d'eau.

III

C'est là que je voudrais passer mes jours près d'elle,
N'ayant d'autre souci dans ma félicité
Que de lui démontrer par mon amour fidèle
Qu'elle peut au besoin se passer de beauté,
Puisqu'elle a dans les yeux la jeunesse éternelle,
Et dans le fond du cœur des trésors de bonté.

IV

Chaque matin, avant qu'elle fût réveillée,
Pour lui faire un bouquet des fleurs qu'elle chérit
J'irais dans la prairie encor toute mouillée,
Et je le poserais au chevet de son lit
Afin qu'il protestât contre un soupçon d'oubli,
Et que par un baiser ma peine fût payée.

V

Je sais au fond du bois épais, silencieux,
Un lieu que semble avoir dessiné la nature

Afin qu'il nous offrît une retraite sûre ;
Là, les mains dans les mains et les yeux dans les yeux,
Mollement étendus sur un banc de verdure,
Nous déjeunerions comme deux amoureux.

VI

Puis, la chaleur du jour brûlant son sein d'albâtre,
Au sortir de mes bras elle irait, la folâtre,
Dans le cristal des eaux se plonger en riant,
Et viendrait demander à ma bouche idolâtre
Des baisers, pour sécher sur son corps ondoyant
L'arc-en-ciel qu'a tracé chaque goutte en fuyant.

VII

Enfin, le soir venu, quand l'immense nature
Va se précipiter dans le sein de la nuit,
Je voudrais qu'aux accents de sa voix douce et pure,
Ainsi que la grenade en fleurs et déjà mûre
Après les feux du jour s'ouvre et s'épanouit,
Mon âme pût s'ouvrir au calme qui la fuit.

VIII

Mais hélas ! à quoi bon poursuivre une chimère,
    nourrir en mon cœur un espoir insensé ;

A quoi bon, si ce n'est à rendre plus amère
La douleur que fait naître un sentiment froissé,
Douleur tantôt mortelle et tantôt éphémère,
Au désir de la main par qui l'on est blessé !

IX

En vain entre mes bras la tenant palpitante,
En vain gagnant la fièvre à sa lèvre brûlante,
Je me dis qu'elle m'aime et m'aimera toujours ;
Je vois entre elle et moi se dresser menaçante
La fatalité sombre, arbitre de nos jours,
Qui brise sans pitié les terrestres amours.

X

Et l'horreur me saisit quand, la voyant si belle,
Je songe tout à coup que ses jours sont comptés,
Que la mort peut venir la prendre à mes côtés,
Que l'instant où j'accours à sa voix qui m'appelle
Peut être le dernier que les cieux irrités
Veulent bien m'accorder de passer auprès d'elle !

XI

Ce supplice est affreux, mais il n'est rien encor.
Vous tous, jeunes amants, qui croyez à la vie

Parce que votre amour est généreux et fort,
Parce qu'à vos baisers le vieillard porte envie,
Parce que votre ardeur toujours inassouvie
Se joue impudemment des glaces de la mort,

XII

Vous préserve le ciel de voir par quelle adresse
Une bouche adorée évite les baisers
Mille fois prodigués dans un moment d'ivresse,
Et d'apprendre trop tard qu'en des bras épuisés
Où toute ardeur s'éteint, où tout amour se blesse,
Vous fûtes le jouet de vos sens abusés !

XIII

Oh ! mieux vaudrait la mort que cette indifférence
Et ce réveil affreux après un rêve d'or !
Mieux vaudrait le néant où la matière dort
Qu'à ce prix inhumain avoir la jouissance,
Pour arriver un jour à préférer le sort
Des animaux abjects privés d'intelligence !

XIV

Mais puisque notre bras a besoin d'un appui,
Pourquoi Dieu l'a-t-il fait si trompeur et si frêle

Qu'au bout de quelques pas il se dérobe à lui,
Et puisque notre cœur aspire à l'infini,
Pourquoi l'amour peut-il le briser d'un coup d'aile,
Comme aussi l'embraser d'une flamme éternelle ?

XV

Dieu seul le sait. — Pour moi qui ne suis qu'un rêveur
Et qui ne cherche pas le fin mot du problème,
Je n'ai pas le secret de comprimer mon cœur,
Et puisqu'il bat encor, même dans la douleur,
J'affirme que l'amour est une loi suprême.
..... Dieu guidera mes pas vers la femme qui m'aime !

Saint-Germain en Laye, juillet 1862.

LE PREMIER BAISER.

LUI.

« Vois-tu, ma belle enfant, cette rose qui plie
« Sur sa tige sa tête encor lourde de pluie,
« Et te souviens-tu qu'hier, pour arrêter ma main
« Qui voulait la cueillir, tu me dis : « Je t'en prie,
« Laisse-la, mon ami, vivre jusqu'à demain. »

« Eh bien ! elle a vécu ; la fureur de l'orage
« Sur le sable du parc a jeté son feuillage.
« Ne valait-il pas mieux qu'elle vînt parfumer
« Tes cheveux sur ton front, ton sein dans ton corsage ?
« De même en refusant de te laisser aimer,

« Cruelle, en éloignant ma bouche de tes lèvres
« Qui jetaient dans mon sang les ardeurs de leurs fièvres,
« Tu laissas dans mon cœur mourir la volupté
« Quand un baiser d'amour t'aurait si peu coûté!

« Hélas! la volupté n'a qu'un jour et qu'une heure;
« La remettre à demain, c'est vouloir qu'elle meure,
« Et quand, pour la saisir, il faut ouvrir les bras,
« Bien coupable est celui qui ne les ouvre pas.

« Vois plutôt : à minuit la nature était belle;
« La lune se jouant dans les hauts peupliers
« Paraissait découper des volants de dentelle
« Que la brise embaumée agitait sous nos pieds ;
« Ce matin la forêt est couverte de voiles,
« Comme une veuve en deuil qui pleure ses amours,
« Et les fleurs qui mêlaient leurs parfums aux étoiles
« A compter d'aujourd'hui sont mortes pour toujours! »

ELLE.

« Tu dis vrai, mon ami; mais d'autres vont éclore
« Plus belles que le jour, plus fraîches que l'aurore,
« Et ton rêve divin que tu crois emporté
« Sur les ailes d'azur de la réalité,

« Tu vas le retrouver encor plus poétique.
« Pourquoi t'imaginer, esprit froid et sceptique,
« Que les cieux à jamais ont voilé leur clarté
« Et que nous allons voir s'ouvrir l'éternité,
« Parce que ce matin la campagne t'ennuie
« Et ne t'a présenté qu'un horizon de pluie ?

« Si tu veux assister à son nouveau réveil,
« Attends quelques instants : les rayons du soleil
« Percent les peupliers de leurs flèches dorées;
« Les oiseaux secouant leurs ailes diaprées
« Traversent en chantant l'immensité des airs;
« Vois : les lis sont plus blancs, les arbres sont plus verts,
« Et cette même fleur par ta main épargnée,
« Si dans mes cheveux hier elle se fût fanée,
« N'aurait pas exhalé des parfums aussi doux
« Que ceux que le zéphyr apporte jusqu'à nous.

« Respectons, mon ami, la sagesse divine;
« Elle veut que la fleur vers la terre s'incline
« Et meure sur sa tige embaumant le bosquet ;
« L'homme la brise, hélas ! pour en faire un bouquet !
« Elle suspend l'amour aux lèvres de la femme,
« Comme une lampe d'or dont la céleste flamme
« Doit, en l'honneur de Dieu, luire éternellement;
« L'homme l'étouffe hélas ! pour jouir un moment ! »

LUI.

« Dieu veut-il que les fruits tombent en pourriture
« Sur l'arbre qui les porte et qui les a nourris?
« Veut-il que les ruisseaux à l'onde fraîche et pure
« Sans nous désaltérer soient en naissant taris?
« Et veut-il que le jus dont fermente la treille,
« Jus divin qu'il créa dans un jour de bonheur,
« Ne s'échappe jamais du sein de la bouteille
« Pour nous faire un moment oublier la douleur?

« C'est toi qui méconnais la volonté divine,
« Toi qui veux échapper à la commune loi
« En étouffant l'amour qui gonfle ta poitrine,
« L'amour qui dans ses bras va te porter à moi!

« Non ce n'est pas assez que la terre produise,
« Si l'homme ne prend part à sa fécondité;
« Non ce n'est pas assez que la femme séduise
« Et prodigue à nos yeux des trésors de beauté,
« Si, pareille au barbon qui d'une main avare
« Enfouit son argent au fond d'un coffre-fort,
« Elle ne permet pas que l'homme s'en empare
« Et les garde à ronger pour les vers de la mort.

« Tout meurt et tout renaît, disais-tu, mon amie,
« Le jour pendant l'hiver, la nuit pendant l'été ;
« Non, la nature vit, elle n'est qu'endormie,
« Et trois mois de repos lui rendent la beauté.

« Tu crains que les baisers d'un amant qui t'adore
« Ne tuent la volupté dans tes bras palpitants.
« La neige glace-t-elle un bourgeon près d'éclore?
« Le soleil brûle-t-il les moissons au printemps ?
« Lorsque le papillon l'effleure de son aile,
« Ou bien lorsque l'abeille, en butinant s'endort
« Dans son sein parfumé, la fleur des champs meurt-elle ?
« Et quand elle mourrait faut-il plaindre son sort?
« L'amour de notre vie est la part la meilleure,
« Et, si dans un baiser leur cœur s'est enflammé,
« Que les amants unis vivent encore une heure
« Ou meurent à l'instant, qu'importe?... ils ont aimé! »

Ils étaient arrivés auprès d'une charmille,
Et quelqu'un qui passait vit que la jeune fille
Sur le bras du jeune homme appuyait doucement
Sa démarche plus lente et son front plus charmant.

Et puis il entendit comme un froissement d'ailes,
Quand sur les blés coupés glissent les hirondelles...

Et puis rien, si ce n'est un vague bruit de pas.
O vierges! c'est toujours une faveur bien grande
Que vos baisers d'amour; mais quel prix n'ont-ils pas
Lorsque vous les donnez sans qu'on vous les demande!

SAINT-GERMAIN, juillet 1862.

TABLE

Corbeil. — Typ. et stér. de Crété.

www.ingramcontent.com/pod-product-compliance
Ingram Content Group UK Ltd.
Pitfield, Milton Keynes, MK11 3LW, UK
UKHW020233220726
13923UKWH00002B/634

9 782019 262242